Navarra Editore

Giuseppe Antonio Borgese

# Tempesta nel nulla

FONDAZIONE G.A.BORGESE
POLIZZI GENEROSA

MEMORIE DAL SOTTOSUOLO

La Fondazione "G.A. Borgese" ringrazia le signore Angelica e Nica Borgese, figlie di Giuseppe Antonio Borgese e la signora Giovanna Borgese, nipote, per la sempre pronta disponibilità ad assecondare, condividere e autorizzare il progetto di ristampa di *Tempesta nel nulla*, così come anche ogni altra iniziativa promossa dalla Fondazione per valorizzare la figura e l'opera dell'illustre Autore.

# Introduzione

L'opera letteraria di Giuseppe Antonio Borgese supera ormai il respiro limitato del tempo della sua produzione. Oltrepassata la contestualità storico-sociale in cui è nata e l'ingiusto oblio di qualche decennio, essa si consegna oltremodo "viva" e "attuale" a noi, lettori di oggi; sorpresi da una parte della sua insospettata e inesauribile vastità; desiderosi, dall'altra, di penetrare la complessa densità narrativa che caratterizza quest'opera, oltreché lo spessore di un pensiero e di uno slancio assiologico che la reggono e la rendono attualissima.

Parafrasando un antico adagio, potremmo dire ormai che *de Borgese nunquam satis*, di lui, cioè, non si finisce di parlare né di apprendere. La complessità e la poliedricità della sua riflessione si prestano infatti a ermeneutiche molto complesse e varie; e l'approccio alla sua opera esige attente riletture filologiche, interpretazioni critiche, puntuali contestualizzazioni storiche e biografiche, accostamenti critico-letterari ancora inesplorati.

Le pagine di *Tempesta nel nulla* offrono ai lettori la freschezza narrativa di un Borgese che qui, come in molti altri scritti, a parer mio, si coglie e si realizza in modo impareggiabile. Mi accosto, perciò, a questo romanzo stilisticamente complesso e allo stesso tempo immediatamente percepibile e godibile, muovendo da alcune personalissime suggestioni.

In primo luogo, l'immagine dell'ascendere. Non si tratta solo di un espediente letterario o semplicemente di un tropo linguistico; né, per così dire, di un puro ornamento lessicale. Qui, secondo me, siamo davanti a uno strumento d'innovazione semantica capace di ridefinire e di riesprimere la costitutiva trascendenza dell'*anthropos* in quanto tale e, conseguentemente, di ri-configurare gli aspetti sensoriali ed estetici dell'esperienza umana.

L'intreccio narrativo del romanzo borgesiano credo si giochi tutto nel superamento del significato letterale della dinamica dell'ascendere e nella creazione di una nuova pertinenza simbolica dell'umano. Il racconto diventa così strumento che promette una metamorfosi della realtà, una sorta di travaglio interiore che, vissuto personalmente dall'autore, contiene una capacità veritativa anche per il lettore di ogni tempo. È come se questi venisse condotto per mano a trasfigurare il reale in una tensione crescente che spinge a guardare oltre le cose, la natura, i paesaggi, le stesse persone, come esse sono realmente. È tensione che consente a ognuno, nell'ascesa autobiografica dell'autore, di rivisitare e di reinterpretare il mondo della vita, di accedere alla *Lebenswelt* husserliana.

L'immaginazione proiettiva del lettore, cui Borgese spinge fortemente, ricava più e più sollecitazioni. Da pura e semplice rappresentazione empirica, essa si fa produzione e reinvenzione di categorie estetiche più che semplicemente logiche, di vissuti esperienziali più che puramente formali.

Il registro narrativo utilizzato da Borgese fa affiorare, come per incanto, aspetti inediti del reale. Per questo le pagine di questo romanzo, contengono l'invito per il lettore a compiere un salto verso un 'oltre' di natura quasi metafisica; a tentare, oltre il senso letterale e l'immediatezza del costrutto linguistico, una rischiosa e seducente immersione nelle anse nascoste del cuore e delle aspirazioni umane. Nel lettore avvertito, le parole di Borgese producono di continuo un'eccedenza di senso, lo rinviano a sensi e significati inaspettati; lo introducono a uno spazio vitale interno che sospinge l'io a compiere una propria personalissima avventura ermeneutica.

La capacità creativa di Borgese, nelle pagine di *Tempesta nel nulla,* è tutta contenuta, a mio parere, in questa idea.

Qui più che altrove forse, egli è capace con la sua narrazione di generare nel lettore nuove aperture di senso, offrendosi come potente strumento di cambiamento interiore e come linguaggio generante la metamorfosi della realtà del mondo umano. Egli riesce, in ultima analisi, a eliminare le distanze che esistono tra il lettore e i luoghi che egli ha visitato, facendoli diventare prossimi a chi si accosti al suo racconto. Lo fa viaggiare con i suoi stessi occhi in quei luoghi della sua ascesa biografica, accorciando da una parte la distanza tra sé e il lettore, e dall'altra tra il lettore e i luoghi della sua ascesa. Detto altrimenti. Borgese riesce a oltrepassare il piano classico della dimensione veritativa del reale. Catturato quasi per intero alla sua straordinaria capacità immaginativa, esso viene simbolicamente riconfigurato, reso capace cioè di un orizzonte di senso sempre nuovo per il lettore e di inedita esperienza ermeneutica.

Non posso sottacere una seconda suggestione che il romanzo di Borgese contiene e, a parer mio, neanche troppo velatamente. Il viaggio in Engadina ricostruisce un atlante delle dinamiche interiori a cui lo scrittore né può né vuole sottrarsi.

Egli compie questo viaggio assieme alla figlia, ma il suo cuore è proiettato al passato. Così, nell'ascensione verso i monti svizzeri, egli sa che sta ascendendo, in realtà, gli indimenticati monti delle Madonie, lassù dove egli è nato e dove sogna sempre di ritornare. Il viaggio in questo senso si fa struggente nostalgia della propria terra natìa, ma come avvertito anzitempo di un desiderio che resterà inappagato per sempre. Il 'lassù' nella valle di Fedoz, è il 'lassù' delle valli verdeggianti e rigogliose della sua Polizzi che mai più rivedrà. Doloroso ed eloquente presagio il suo: «Così, sorgendo da ogni parte brume di visione, non vedevo più la valle di Fedoz, l'Engadina; ma i monti miei, la valle su cui nacqui».

Da ultimo, semplicemente accennando. In *Tempesta nel nulla* Borgese compie sicuramente un suo itinerario spirituale. Personalmente, da addetta a certa prospettiva, azzardo a chiamarlo anche itinerario teologico e di alta teologia. Del resto, la ricerca del trascendente corre – eccome! – lungo tutta l'esperienza umana e l'opera letteraria di Borgese (vedi, *Lazzaro, Resurrezione,* ecc. ). È troppo affermare che il suo linguaggio è estremamente puntuale a visione teologica rinnovata e scoprire nelle sue coordinate linguistiche tracce quasi da cripto teologo?

Nulla concedendo a banale pretesa apologetica, Borgese, anche qui, è precursore. Siamo negli anni '30-'50 quando nasce quella corrente di pensiero teologico chiamata *Nouvelle Théologie;* fatta propria successivamente dal concilio Vaticano II, anzi, seme su cui esso germoglierà. Erano gli anni caratterizzati da profondi cambiamenti e da crisi, definiti di transizione epocale.

La lucida teorizzazione di Borgese sulla realtà di Dio svela crudamente un'educazione religiosa tradizionale. La sua ricerca di Dio germina, quindi, dal chiaro rifiuto di un Dio castigatore e vendicativo, presentato nella sua sostanza immutabile e quasi incomunicabile, interiorizzato nell'infanzia. Perciò, la fatica di Borgese s'iscrive quasi certamente nelle nuove istanze teologiche che in quegli anni cominciavano a farsi strada anche all'interno della Chiesa, sin lì caratterizzata dalla teologia e dal metodo neoscolastico.

Borgese, invoca, sia pure dentro le trame di un linguaggio complesso, un Dio più attento alle dinamiche umane; un Dio che pur mantenendo il suo senso di mistero e la sua alterità trascendente, sia tuttavia un Dio dei vivi e non dei morti. È domanda cruciale quella cui Borgese invita se stesso e il lettore. Potrà essere rimasta estranea la sua esperienza all'appassionata ricerca della sorella Maria Pia che da sponde lontane si cimentava sul versante del ben diverso Dio della misericordia?

In ogni caso la faticosa ricerca del vero Dio ce lo fa del tutto contemporaneo; sintonico anche a chi, pur approdato a concezione di fede diversamente elaborata e offerta all'uomo, sa tuttavia quanta eredità resta del vecchio Dio nel cuore e nella coscienza contemporanea; quanto difficile sia approdare a un Dio diverso, fatto per l'uomo, ma troppo spesso sequestrato dai dominanti filistei dell'istituzione; quanto, soprattutto, faticoso sia oggi all'uomo strapparsi, nel vorticoso darsi di tragedie umane, alla sensazione di un Dio assente, indifferente alle vicende umane.

Dal mio punto di vista, la sete di un Dio presente nella storia, capace di misericordia e di amore, piuttosto che di vendetta o di castigo, è presente in Borgese. È aspetto importante della sua opera e della sua stessa vita, credo ancora del tutto inesplorato, ma quanto intrigante e fecondo!

*

Con la pubblicazione del romanzo *Tempesta nel nulla,* la Fondazione Borgese continua il suo impegno per la promozione e la valorizzazione del pensiero di Giuseppe Antonio Borgese, nell'ambito di quel recupero della memoria storica di questo pensatore, siciliano ma cosmopolita, nato *Lassù nelle Madonie* ma diventato a pieno titolo cittadino del mondo e patrimonio dell'umanità.

Siamo lieti di consegnare ai lettori questo romanzo di Borgese. Ci sostiene la fiducia e la speranza che immergersi in questo tesoro sarà per tutti un'esperienza unica e per certi aspetti eccezionale, come è per noi la vicenda, la vita, il pensiero di Giuseppe Antonio Borgese.

Completano il testo, già di per sé ricco di immagini, le fotografie realizzate dai fratelli Luciano e Antonio Schimmenti, fotografi di Polizzi Generosa. Recatisi più volte in Engadina e ripercorrendo le orme di Borgese, essi hanno fissato nelle immagini i luoghi narrati da Borgese.

Nella lunga progettazione del testo abbiamo dovuto modificare il progetto originale che prevedeva la composizione del testo con le foto a fianco. Via via che il progetto editoriale veniva alla luce ci siamo resi conto che la bellezza dei luoghi fissata dagli scatti fotografici rischiava di semplificare il testo narrativo o, addirittura, di soverchiare e oscurare la sua potenza narrativa.

Alla fine abbiamo deciso di dare al testo la priorità e di offrire ai lettori, dopo la lettura sicuramente godibilissima del romanzo, di immergersi nella bellezza dei luoghi che gli scatti fotografici dei fratelli Schimmenti sono stati in grado di catturare. Siamo molto grati ai due fotografi perché attraverso le loro foto hanno ugualmente rappresentato la complessa trama di *Tempesta nel nulla* consegnandoci una sequenza iconografica densissima.

Le fotografie selezionate dal reportage fotografico dei fratelli Schimmenti, pur se raccolte a parte rispetto al testo, consentono, a nostro parere, di riguadagnare l'itinerario narrativo che Borgese ha percorso, consentendo allo stesso tempo ai lettori di pensarsi realmente presenti in quei luoghi che la scrittura magistrale di Borgese ha narrato e, nello stesso tempo, di ammirare "in bellezza" la "bellezza" incantevole dei luoghi e dei paesaggi borgesiani.

Chiudono il volume due saggi critici sul romanzo di Borgese a firma di Gian Paolo Giudicetti e Gandolfo Librizzi, direttore della Fondazione.

*Clara Aiosa*
Presidente della Fondazione "G. A. Borgese"

*10 settembre 1932*

*«Biografia in poche parole, per il pubblico...: G.A.B., italiano, nato nel 1882, dedicò gran parte della gioventù a studi di letterature classiche e romantiche, di filosofie e religioni, e a viaggi e soggiorni in Germania, in Francia, in altri paesi, nel corso dei quali si formò la sua coscienza umana e moderna e il suo programma di vita e di lavoro.*
*La sua opera prima della guerra consiste in un gran numero di saggi storici e critici e in un piccolo libro di poesie liriche. Durante la guerra e subito dopo egli agì politicamente nel senso delle idee di Mazzini e di Wilson. Il disordine e la tragica inconcludenza della mente contemporanea trovarono espressione in tre suoi personaggi di romanzo e di teatro:* Rubé*, nel romanzo di questo nome (tradotto in varie lingue, e pubblicato in inglese da Harcourt Brace, New York, 1923), Gaddi, nel romanzo* I vivi e i morti *(traduzione francese, edizione Plon 1931), l'arciduca ereditario Rodolfo d'Asburgo (nel dramma* l'Arciduca *e nel racconto storico* La Tragedia di Mayerling*). Una nuova visione della vita, fondata su una fede razionale [al di sopra delle sette] e su una ricostruzione solidale delle facoltà umane, si annunzia nel dramma* Lazzaro *(1924) e in un'ampia raccolta di novelle liriche, apparse negli anni successivi e concluse da un racconto,* Tempesta nel nulla *(1931), in cui dai miti del terrore e dalla sconfitta emerge una divina speranza. In analoghe direzioni*

*si sono sviluppate le sue idee di critica e di filosofia estetica: secondo le quali il dono poetico, interpretato, nel suo proprio modo, come un dono profetico, è posto in collaborazione costruttiva con le altre attività dello spirito. Benché sia da molti considerato come il maggiore scrittore italiano della sua generazione, le idee da lui sostenute fin dal tempo della guerra non gli furono mai perdonate dal fascismo, e lo hanno infine costretto ad uscire di patria.*
*La sua conoscenza dei popoli e delle lingue moderne e il suo sentimento, appassionatamente italiano ma mirante con non minore passione a una società universale di nazioni libere, gli hanno agevolato la via dell'esilio. Fu professore di Letteratura tedesca e, più tardi, di Estetica nelle Università di Roma e di Milano;* foreign editor *del* Corriere della sera, *e* literary editor *di questo e d'altri periodici; fu in contatto con personalità direttive in Germania, in Francia, in Inghilterra. In America dall'estate '31, ha insegnato Letteratura italiana e Storia della critica letteraria all'Università di California, a Smith College, al New School di New York. La sua opera sorpassa i trenta volumi. Il suo programma per il prossimo tempo comprende un'*Introduzione alla Poesia, *e un vasto organismo narrativo intitolato* La Terra Promessa, *di cui la prima parte è intitolata* L'Atlantide.
*Non ha prestato il giuramento fascista imposto ai professori»*[1].

1 G.A. Borgese, *Diario II (4 luglio 1932 - 30 aprile 1933),* a cura di M. G. Macconi, inedito, in corso di pubblicazione da parte della Fondazione "G.A. Borgese". I *Diari* fanno parte del «Fondo Borgese» della Biblioteca Umanistica della Facoltà di Lettere e Filosofia dell'Università degli Studi di Firenze.

# Biografia

Giuseppe Antonio Borgese nasce a Polizzi Generosa (PA) il 12 novembre 1882. Autore eclettico, versatile, moderno, fu una delle personalità culturali più autorevoli e ascoltate del primo Novecento italiano. Insigne docente universitario (nel 1909, a soli 27 anni il più giovane professore di ruolo del Regno, ottenne una cattedra universitaria, Letteratura tedesca a Roma, poi a Milano. Nel '24 fu istituita per lui, presso l'allora Accademia Scientifica Letteraria di Milano, la cattedra di Estetica – la prima, nelle Università italiane – poi negli USA all'Università di Berkeley in California, alla Columbia University, allo Smith College di Northampton e Chicago, docente di Letteratura italiana); romanziere (autore del più famoso *Rubé*, primo grande romanzo del dopoguerra pubblicato nel '21); critico letterario di grande rilievo (magistrali le sue opere fin dalla prima *Storia della critica romantica*, tesi di laurea pubblicata dallo stesso Benedetto Croce), fu lui a definire e attribuire, in *La vita e il libro*, il termine *crepuscolarismo* a quella che poi fu indicata da tutti come la corrente letteraria del primo '900; in tale veste scopritore e recensore di tanti giovani scrittori (fra i quali Tozzi, Gozzano, Moretti, Piovene, Soldati, Saba, Alvaro, Palazzeschi, Moravia di cui recensì per primo, sulle colonne del *Corriere della sera, Gli indifferenti*, il primo romanzo di questo ventenne sconosciuto); giornalista di fama per diversi quotidiani nazionali: caporedattore de *Il Mattino* di Napoli (di cui fu corrispondente dalla Germania e, trovandosi per primo a Messina all'indomani dell'evento, a scrivere del terremoto del 1908), inviato de *La Stampa* di Torino (tra il 1911 e il 1912) passando, poi, al *Corriere della sera* di Milano di cui fu per anni editorialista della pagina culturale e autorevole redattore di politica estera a cavallo della prima guerra mondiale. Infine, saggista e pensatore politico (fu chiamato a dirigere l'ufficio Informazione e Stampa di Palazzo Chigi nel governo di Vittorio Emanuele Orlando e istituito a Berna), autore, negli anni della prima guerra mondiale, di diversi libri: *Italia e Germania*, *Guerra di redenzione*, *La guerra delle idee*, *L'Italia e la nuova alleanza*, *Il Patto di Roma*, *L'Alto Adige contro l'Italia*.

In tale ruolo svolse importanti e riservate missioni diplomatiche all'estero con diversi fuoriusciti cechi e jugoslavi in vista di una possibile alleanza con le nazionalità slave in funzione antiasburgica. Questa attività lo portò a ideare, promuovere e organizzare il Congresso delle nazionalità oppresse dall'Austria-Ungaria, detto poi *Patto di Roma*, che riunì a Roma – l'8 aprile 1918 – tutti i rappresentanti dei popoli dell'ex Impero centrale per affrontare la situazione dei Balcani e le necessarie trattative di pace conseguenti alla dissoluzione dell'Impero Austro-ungarico. Le sue idee esposte nel libro omonimo, su quella che divenne poi l'ex Yugoslavia, furono, per quei tempi, anticipatrici di fatti e accadimenti che si sarebbero verificati nei tempi moderni e per questo non furono capite abbastanza. Nell'agosto del 1918, guidò la delegazione italiana alla Conferenza Interalleata per la propaganda sul nemico che si tenne a Londra.

Agli inizi degli anni '20, Borgese smette di fare il critico e inizia a scrivere romanzi: *Rubé, I vivi e i morti, La tragedia di Mayerling, Tempesta nel nulla* e una serie di novelle *La città sconosciuta, Il sole non è tramontato, Le belle* e alcuni libri di viaggio: *Giro lungo per la primavera, Escursioni in terre nuove, Autunno di Costantinopoli*, poi *Atlante Americano*. Con l'avvento del fascismo, le sue lezioni all'università vengono spesso disturbate, interrotte o impedite dai GUF e i suoi stessi studenti subiscono aggressioni dagli squadristi. I fascisti, pretestuosamente, lo accusano di essere «rinunciatario», perché, sosteneva l'opportunità di cedere la Dalmazia alla Jugoslavia. Nel 1931, diventata insostenibile la situazione, coglie l'occasione di un invito a tenere un ciclo di lezioni in America e parte per un breve periodo. Vi rimarrà per 18 anni. Dall'America, Borgese fu uno dei pochi professori universitari (appena poco più di una dozzina su 1.256 accademici) a rifiutare di prestare il giuramento di fedeltà al regime imposto a tutti i docenti per poter continuare a insegnare. *Le lettere a Mussolini,* scritte per comunicare e motivare il suo *no* al giuramento, sono un documento di altissimo valore etico. Perdette così ogni diritto e divenne esule antifascista ricominciando daccapo la sua vita a cinquant'anni compiuti. La sua fama politica, in America e a livello internazionale, si consacrò per sempre quando pubblicò, nel 1937, in lingua inglese, *Goliath: the march of fascism*, opera fondamentale sul fascismo che segnò un'epoca, specialmente all'estero dove ebbe grande successo di pubblico.

Nel 1938 aderì alla *Mazzini society*, club fondato da Salvemini che raggruppava le menti più vive degli esuli italiani antifascisti. Nel '39 si sposa in seconde nozze (dopo aver divorziato dalla moglie Maria Freschi dalla quale ebbe Leonardo e Giovanna) con Elisabeth Mann, figlia di Thomas Mann dalla quale avrà due figlie, Angelica e Dominica.

Dopo l'esplosione atomica e nella prospettiva dell'edificazione di una nuova società mondiale, fu autore di opere profetiche quali: *The city of man, Common Cause, Preliminary draft of world constitution* e *Foundations of the world republic*. Quale direttore della rivista *Common Cause* e segretario generale del Comitato per formulare una Costituzione mondiale, propugnò l'idea – e ne fornì concreti elaborati e scritti – di Repubblica mondiale e di Costituzione di governo mondiale. Per tale sua attività ed elaborazione, nel 1952, fu proposto per il premio Nobel per la Pace.

Rientrato in Italia per un breve soggiorno nel '46, ritorna alla sua vecchia cattedra di Estetica a Milano nel 1949 e, nel 1950, riprende la collaborazione con il *Corriere della sera*. Improvvisamente muore a Fiesole, dove si era stabilito, il 4 dicembre 1952. Il Senato della Repubblica, nella seduta del 5 dicembre, ne ricorderà la persona e l'opera.

Confidava Borgese ad un amico: «Aspiro, per quando sia morto, a una lode: che in nessuna mia pagina è fatta propaganda per un sentimento abietto o malvagio». In una lapide apposta nel centenario della nascita nel Comune di Polizzi, è scolpito:

A GIUSEPPE ANTONIO BORGESE
POETA, NARRATORE, CRITICO E POLITICO
CHE VOLLE L'UNITÀ DELL'ARTE E DEL MONDO

# Tempesta nel nulla

*Alla Nanni*
*partendo per l’Atlantide*

# I

La passeggiata in Val Fedoz doveva essere l'ultima della stagione. Avevamo stabilito, io e mia figlia, di portarci sulla strada di Fex, oltre l'albergo Waldhaus; poi, piegato a destra e raggiunta l'alpe Cadsternam, salire di lí uno sprone della Margna che le carte non segnano, tranne forse con la quota 2490, ma che io ricordavo bene dall'anno innanzi.

*

Essa era quasi nuova a questo genere di alpinismo. Nelle cinque stagioni che avevamo passate tutti insieme, i quattro di famiglia, a San Vigilio in Val Badia, non m'era mai riuscito di muoverla. Sull'esempio della madre e del fratello, sedentari, s'aggirava tutt'al più nei paraggi dell'albergo o nella piazza del villaggio coi bambini suoi amici; e una volta che avevo saputo persuaderla a seguirmi sul Corones, il monte affacciato a bellavista fra Dolomiti e Pusteria, appena fummo davanti alla facile salita – battuta, è vero, da un potente sole – le vidi il viso così stravolto, gli occhi così smarriti, che le permisi in fretta di tornare a casa, proseguendo da me. Così imparai a camminare solo.

Anche quest'anno conducendola sola con me a Sils-Maria in Engadina, mentre madre e fratello

andavano in Toscana, non mi facevo troppe illusioni. Sapevo bene che essa veniva volentieri in un

bell'albergo di montagna pensando al tennis e al ballo e, per il resto, a vivere fra sé con le sue chimere.

Ma il pubblico straniero, quasi tutto di famiglie tedesche o olandesi a gruppetti esclusivi, la intimidì, e non fece amicizie. Un giorno che, sedotto dalla luce, non mi seppi fermare all'albergo di Fex dove ero giunto di passo in passo verso mezzogiorno, e le feci dire per telefono che non m'aspettasse a colazione, al ritorno la trovai imbronciata e triste.

Perciò il giorno dopo venne con me. Facemmo la stessa strada: prima fino all'albergo di Fex, nella radura erbosa; di là, lentamente salendo, fino all'orlo del ghiacciaio.

Io trepidavo fra me, temendo che da un momento all'altro mi dicesse d'essere stanca e di voler tornare indietro, come solennemente le avevo promesso di fare alla sua prima richiesta; e alzavo spesso gli occhi all'orizzonte, ai ghiacci, al cielo, con la speranza che la mia gioia accendesse in silenzio la sua, ed essa scoprisse finalmente nel suo cuore il significato di quelle cose e l'amasse per sempre.

Ma non le cose grandi la vinsero; sibbene le più piccole che si potessero trovare sul nostro cammino, i minuscoli fiori di *myosotis* alpestre, più ceruli delle sue pupille, così limpidi e puri, così freschi di serenità notturna rivelata in una goccia d'aurora, e così stretti al suolo, che potevano parere forellini scavati nella terra, da cui tralucesse, grande quanto un granello di zaffiro, non so che favoloso azzurro di un opposto emisfero.

Essa si chinò a coglierne uno, poi altri; e le venne in mente di farne pacchetti per ricordarsi alle amiche, mandandoli in dono. Me ne metteva via via dentro il sacco che portavo a spalla; ma non perciò ne sentivo crescere il peso. Nell'ultimo tratto di strada fummo molto contenti; poi facemmo colazione dove c'era neve per bere. Al ritorno io mi divertivo ad additarle, dall'alto del sentiero, i campi di *myosotis* nel fondo della valle; parevano nebulose azzurre; qualche volta, quando erano più vicini, essa scendeva a farne raccolta ancora. Così ormai avendo consumato le provviste, non portavo che fiori; e quando stavo seduto su un masso ad aspettarla, non mi mancava nulla tranne una zampogna.

*

Se fosse stata paralitica e poi guarita a Lourdes non mi sarei sentito più beato, e nello stesso tempo più timoroso di mettere a rischio con un'imprudenza l'effetto del miracolo.

Perciò fui molto cauto; stornai, quasi evitando di parlarne, la sua attenzione da questo episodio a cui nel mio intimo davo tanto importanza; e nei giorni successivi non le proposi nessuna escursione che non fosse favorita da un bel tempo immacolato e che io non giudicassi molto inferiore alle sue forze: sempre poi con la condizione espressa che alla prima stanchezza o disgusto si dovesse tornare.

La massima impresa fu la scalata del Fuorcla Surlej. Molti di quelli che sono stati in Engadina sanno che cos'è; si sale un po' fra boschi e poi per alcune ore all'aperto, finché ci si trova davanti a una muraglia nuda e al suo vertice si vedono un rifugio e una bandiera. Quando s'è lassù non s'è nemmeno tremila; ma la vista che se ne ha è da cima altissima. La valle dell'Inn, fra San Moritz e il Maloja, così leggiadra coi suoi laghetti smaglianti, coi suoi larici ornati di sole, con le diecimila finestre dei suoi alberghi, è sparita alle nostre spalle; e davanti a noi si squaderna, come se la vedessimo roteare nello spazio, la massa del Bernina, la voragine polare dei suoi cento ghiacciai, bianca e profonda come la luna.

*

Lassù fummo la Nanni e io, sotto il sole di agosto; e fu la più bella ora dell'anno.

Poi i giorni s'oscurarono di nuovo; e corsero, fra piogge e nebbie mattutine quasi gelide, verso la fine delle mie vacanze. Per alcune mattine non parve il caso di tentar altro; infine, quasi alla vigilia della partenza, mi potei decidere per la passeggiata in val Fedoz che avevo in mente da tempo.

Era più modesta dell'altra; una visita di congedo alla montagna. Prevedevo due ore e mezzo a salire e due a scendere; la colazione in cima; il ritorno in tempo per prendere il tè nella pasticceria di Sils.

Il cielo era mutevole, con alternanza di nubi e di chiaro.

# II

Finimmo per fare tardi, domandando perfino consiglio al portiere se ci fosse da fidarsi del tempo.

La Nanni, visto intanto apparire il sole, volle passare al bazar per scegliersi un cappello di paglia; ma nessuna foggia le andava. Io sentii il bisogno di acquistare un bicchiere.

Non erano lontane le dieci quando, volte le spalle all'acque dell'Inn e alle case di Sils, ci avviammo per la grande strada. Presto ci lasciammo a sinistra lo scalone del Waldhaus e le poche automobili ferme davanti all'ingresso e fummo sul sentiero deserto.

L'ora troppo tarda per le partenze e prematura ai ritorni dalle gite più brevi, e la stagione avanzata e quasi sempre scoraggiante, davano ragione di quella solitudine. Se si incontrava un tedesco con la sciarpa al collo, o una signora anziana soffermata a leggere su una panca, erano apparizioni poco desiderabili, di tristezza ibseniana.

Il sole s'annuvolò, e un grigio d'alba cadde sulle rupi e il lago, filtrò fra i pini.

Io camminavo avanti, col sacco in spalla; la Nanni mi veniva dietro.

Essa, che da principio era stata molto loquace, a un tratto cominciò a tacere, dicendo al suo solito che voleva «pensare».

Più che paterno io le ero addirittura fraterno, fatto della stessa sua stoffa, in questo gusto di fantasticare camminando, lasciando alla deriva l'immaginazione e la memoria nel lago del cuore. Appunto perciò mi piaceva tanto passeggiare con lei; la sua vicinanza mi difendeva come un sostegno, quasi come una ringhiera, dalle esuberanze sconfinate, dalle vertigini di cui corre rischio un camminatore solitario in un paesaggio esaltante; ma potevamo, quasi d'accordo, astrarci a lungo quanto volevamo, ciascuno per sé, e seguire le volute leggere del presentimento, del ricordo, come spire trasparenti nell'aria, librarci su un fluido elemento poetico che forse non si sarebbe mai fermato in una parola di poesia, anche se tanti sussurri vi correvano dentro; infine una parola qualunque pronunciata da uno di noi toccava il silenzio dell'altro con un urto lieve come una barca abbandonata ne tocca un'altra in una rada tranquilla. Allora, volgendomi verso di lei, nel pallore dei suoi occhi leggevo da quali lontananze essa tornava.

Era alta quasi quanto me. Vestiva un costume a fiori di Val Badia.

Prima disse di volere stare zitta, ed io l'imitai. Poi divenne un gioco fra noi, quasi una gara, chi tacesse più a lungo, come quando padre e bambini si guardano negli occhi giocando a chi ride prima.

Presto la cadenza uguale della nostra marcia riempì quei clivi pallidi.

Nubi bianche stracciate, squarci di azzurro senza sole, alberi dritti intrisi di oscurità come cipressi, facevano stranamente, lassù, un accordo di tinte fiorentine che mi ricordava certe mattine sui Colli, certe malinconie di gioventù.

Il vero è che tacevamo volentieri, quasi risparmiando il fiato, benché io non lo confessassi. Essa invece m'aveva detto, prima di partire, che quella mattina non s'era alzata a suo modo, che era svogliata e stracca; ma non aveva voluto darsi vinta; e sperava che strada facendo le venisse la lena.

Forse era l'aria subdola, d'estate malata, quella che ci turbava: con le sue vicende di scirocco estenuante e di fresco precoce; o forse era perché avevamo dormito tutti e due male, affaticati da sogni sciocchi.

Io non le avevo raccontato il mio, che negli attimi del risveglio mi s'era fatto a pezzi e non avevo più potuto ricucirlo. Sapevo soltanto che nel mio sogno c'era una donna popolana, certamente robusta; ma svanite la statura e la faccia all'aria bigia di cui son fatti i sogni, non vedevo distintamente altro che il piede; e questo, scompagnato dal resto, mi s'ingrandiva baroccamente fino a prendere l'importanza del piede di San Pietro in Vaticano, anzi addirittura del Piè-di-marmo staccato che sta su un piedistallo in una piazza di Roma. Senonché esso era vivo, e non ignudo ma vestito, di non so che specie di sandalo o di che altro rozzo calzare colorato.

Verso questa donna, di cui non avrei potuto riconoscere se non la piota assurda, monumentale, io mi sporgevo dalla ringhiera di non so qual balcone, dicendole parole che rimanevano senza suono. Ma anche la ringhiera, come ogni cosa, come la donna stessa, si dissolveva in quel pallore; e io rimanevo, ultima larva, non so come sospeso nella caligine vuota.

Anche la Nanni era malcontenta del suo sogno, che m'aveva raccontato ridendo nella prima rampa della salita, quando era ancora di buon umore: un sogno goffo.

Protagonista ne era pure una donna, ma ben riconoscibile: la signorina Ildegarda Zoller, una tedesca dell'albergo, mezza pensionante e mezza impiegata, maestra di ginnastica e di ballo, direttrice delle feste.

Essa, avendo il naso e la bocca larghi, coi bagni di sole e di lago s'era fatta una faccia di mulatta;

portava gonnellini cortissimi; e quando ballava con foga non c'era bisogno di indovinarle la biancheria.

Questa signorina Ildegarda dava alla Nanni un mucchio, un monte, di biancheria da lavare; e la Nanni, come se non avesse mai fatto altro mestiere, ci si metteva. Ma era da non finire. Così, mortificata e spossata, si svegliava.

Ne avevamo riso un po' insieme; poi, tacendo, ciascuno era partito pei suoi vagabondaggi da questo capriccio notturno dove si rifletteva contraffatta l'irresolutezza con cui eravamo andati a dormire pensando a quest'ultima gita quasi come a un gravoso dovere.

Traversammo un valloncello chiuso, taciturno. Le erbe erano lunghe e lisce, lievemente inclinate come i giunchi, con fiocchi bianchi in cima, quali si vedono spesso accanto agli acquitrini. Le orme chiodate parevano stampate da tempo sul sentiero di mota compatta. Superato il greppo opposto, rivedemmo sotto di noi a picco il lago, di un azzurro accigliato nell'ora scialba. Pochi passi più in là ci si manifestò, in fondo al cielo grigio, il ghiacciaio di Fedoz.

Eravamo all'alpe Pedpreir, una stalla bassa divisa in tre da due tramezzi, coi pavimenti a ciottoli, vuota e pulita a quell'ora. Due bergamini fumavano le pipe accanto agli usci aperti; quattro maiali rosa, informi come otri, stavano distesi fra il letame nella stessa positura in cui li avevamo visti qualche giorno prima quando ci eravamo spinti in un dopopranzo fin là.

Scendemmo pel viottolo sdrucciolevole fino al torrente che traversammo sul ponticello di legno. Lì di faccia, forse un quarto d'ora più su, era l'alpe Cadsternam, la nostra prima mèta.

Ma la Nanni, a metà salita, s'accasciò a sedere; come fa lei.

– Non si riposa in salita. Siederai all'alpe – le dissi richiamandola.

Ma essa crollò il capo, e, fissi gli occhi pensierosi a terra, pareva non si dovesse muovere più.

Io, conoscendo questi suoi trapassi subitanei dall'eccesso di forze alla tristezza, mi misi a sedere anch'io, più in su di lei, facendo finta di nulla. Allora s'alzò di nuovo, e senza guardarmi ricominciò a camminare.

Fummo presto all'alpe. Il ghiacciaio, che il burrone ci aveva nascosto, apparve di nuovo alla voltata.

## III

Esso era opaco. Le nubi, dal cielo confuso, scendevano nei suoi anfratti cancellandone lo splendore.

La valle monotona s'allungava verso quei vertici come verso un Calvario.

L'alpe, a cui non sostammo, era vuota e deserta.

Quale differenza dall'anno innanzi quand'io in un mattino d'ebrezza avevo scoperto questa strada! Non venivo allora da Sils, così graziosa fra i suoi boschi e i suoi fiori, ma dall'altro capo del lago, dal nudo Maloja, dove avevo passato più di un mese in solitudine torturante, esaltante, non udendo quasi altra voce che il grido delle rondini di gronda in gronda e passeggiando la sera come una ombra accanto alle finestre degli alberghi illuminati fino alle acque cupe su cui le ultime luci del villaggio tremavano come fuochi fatui.

Il giorno prima, verso l'imbrunire, avevo visto una strana tempesta sul lago: come se le rive, troppo anguste, non bastassero a contenerla. Poche gocce di pioggia, patetiche come lacrime, erano scese sulla polvere dei sentieri sollevandola appena; poi l'onde del lago s'erano alzate, scure, senza spume, battendo prigioniere fra le sponde come un battere di catene; e il vento delle altezze tratteneva intanto le nubi, brancolanti nell'aria con tentacoli bui, e impediva la pioggia. A un tratto, dal tumulto inespresso sorse un arcobaleno, con l'acredine dell'improvviso, si lanciò scintillando vetrino da Sils al Majola; un altro subito gli sorse accanto più pallido, quasi un'ombra di esso animata di colori, quasi esso stesso ripetuto più tenue, come in uno specchio, dalle resistenze dell'aria; e un polverio di sole mosse dagli orizzonti, tendendo sul nembo un velo metallico che chiuse alla bufera ogni sfogo. Il vento cadde. Prima d'annottare il cielo tormentato rise.

Io sentii violentemente quella vicenda come se si fosse svolta in me; l'agitazione della natura, così repressa, come soliamo immaginarci le forze sotterranee che cercano un varco nei vulcani o fanno tremare la terra, divenne la mia angoscia da troppo tempo con troppo orgoglio frenata; fu mia la scontentezza del cielo, illuminata infine da un sole di delirio. Le ombre salivano tumultuariamente i vertici, i ghiacciai, cercando invano le stelle nel cielo ingombro; il lago era chetato. Io mi chinai sul mio passato come su un'acqua nera che chiedesse una vertigine; pensai alla mia gioventù, alla mia donna; un grido intollerabile, non udito da nessuno, proruppe entro di me e non ne ebbi vergogna. Avrei voluto abbracciare le larve, avrei voluto che il tempo mi restituisse i giorni, e le sue dolci notti, che mi lasciasse ancora viva la sua preda, il passato.

Con una stolta preghiera chiamai il nome di Dio: – Dio, uccidi il tempo.

Cercai presto nel sonno la breve morte; e non sognai. E la mattina, quale dimenticanza! Mi sentivo intorno agli occhi quella strana riposata aridezza di chi ha pianto e non ricorda più la cagione del pianto; il cielo era puro e nuovo come se avesse piovuto tutta la notte. Partii tardi nella mattina; m'avviai senza mèta alla destra del lago, per un bellissimo sentiero che non avevo mai fatto: largo, scoperto, visibile da ogni parte, tagliato a sghembo sulle prime pendici della Margna, affacciato sulle acque del lago che quanto più si saliva tanto più divenivano azzurre. Alla voltata vidi nella serenità il ghiacciaio di Fedoz.

Ho sempre avuto davanti alle grandi scene della natura straordinarie impressioni di suono. Come Pitagora sentiva l'armonia delle sfere, così a me pare di udire le voci del silenzio; e mi pare incredibile che gli altri non le odano con me. I tramonti hanno squilli attutiti di ottoni, note basse, vellutate, di trombe; la vista d'un ghiacciaio empie l'aria d'un fragore di timpani, di un canto terribilmente acuto e tuttavia terribilmente dolce come dev'essere quello dei cigni moribondi udito dai poeti sul limite dell'ineffabile.

Così mi scaturì questo assurdo timbro d'argento della vedretta di Fedoz, appena essa fu manifesta in fondo alla valle; e il cielo ne vibrò, le orecchie letteralmente ne tintinnarono, assordate dalla trepidazione del sangue, come quando un viandante, uscito dalla foresta che gli nascondeva tutti i suoni, si trova a faccia a faccia col clamore nudo della cascata.

Salii l'ultimo tratto verso l'alpe Cadsternam come una scalinata. Le porte ne erano aperte, l'interno era vuoto e fresco. Fuori, tra l'ombra e il sole, un gregge numeroso di pecore stava senza pastore; si strofinavano lana a lana, muso a muso; non mi fu nemmeno facile aprirmi fra esse il passo, chè mi s'affollavano attorno e mi facevano resistenza alle ginocchia come le onde di un guado dove la corrente è forte. Alcune addirittura mostravano volontà di trattenermi; mi urtavano coi fianchi; mi guardavano dal basso con occhi umidi di riconoscimento non corrisposto, come se io fossi il loro pastore smemorato.

L'aria quasi meridiana intanto metteva una lista d'oro sacro tra il candore di Fedoz e il turchino del cielo. Io ebbi un momento l'impressione felice d'essere il pecoraio in mezzo a loro; che ad esse, in quest'aria, deve parere alto, celeste.

*Così, mutato in pastoral figura,*
*Apollo a un d'essi somigliar poté;*
*ché ove in suo cerchio regni la Natura,*
*un mondo stringe gli altri mondi a sé.*

*

Varie volte ho sentito rimorso di questo tripudio straripante dell'anima che, sommersi gli argini, dilaga in una infinità di giubilo. Quando poi, cessata la piena, non ne resta che una terra molle, presto inaridita, in cui il sole di Satana apre i crepacci del tedio, ho il ricordo d'essere stato colpevole, e in quelle mie effusioni che allora mi parvero divine non riconosco più che voluttà spenta. Alcune volte ho pensato a Nietzsche, al passeggiatore in altitudine, come a un Gesù non Cristo, a un Gesù non abbastanza divino, andato nel deserto per essere tentato e caduto al demonio. «Di nuovo il diavolo lo menò seco sopra un monte altissimo... ». Questa è la scena del suo vagare; su questi clivi forse salì; io lo amo e ho pietà di lui, ma avrei terrore di somigliare all'ombra delle sue calcagna.

*

Ma quale pensiero orgoglioso, quale tentazione diabolica m'invasava quella mattina? Quale peccato nascondevo in petto, da doverne poi avvampare al ricordo?

Io non sentivo che ripugnanza del vano dolore, dell'inutile male; odiavo la nostalgia ch'è il contrario dell'amore, essa che tende le braccia alle cose impossibili, al passato, mentre l'amore è moto verso cose sperabili e future. Non posso nemmeno dire che sentissi ripugnanza, che odiassi; pacificato, ricordavo appena la tempesta dell'anima, che s'era dispersa nel vuoto notturno come le nubi della vigilia.

Com'era leggero e obbediente il mio passo! Io non avevo nessuna ambizione e bramosia, tranne quella d'essere felice, che il dio più geloso saprebbe perdonare; ero anzi felice e non ambivo più a nulla. Pure, al ricordo, quella improvvisa semplicità mi pare alata; quasi mi vedo salire di costa in costa, di balza in balza, in pochi passi, correre, volare, chiamato, rapito, come s'io fossi Mosè ascendente sul Sinai, Elia in cammino per Horeb. Sempre più profonda diveniva ai miei piedi la valle, e occultamente rispondeva al mio fremito.

Di costa in costa, di balza in balza, salii i contrafforti della Margna; presto la terra fu senz'alberi; e il ghiacciaio di Fedoz, sempre davanti a me, sempre più grande, prendeva il cielo come un'ala. Un mormorio d'acque correnti mi rivelò, prima ch'io vi giungessi, un rivo, che dalla petraia selvaggia scendeva all'Ova da Fedoz. Mi chinai su esso per bere, e anche quella naturale sete prese un significato; ed essendomi in quel mio allungarmi sui sassi caduto l'orologio che portavo dall'adolescenza, di cui si ruppe il vetro e si fermarono i raggi, anche il piccolo evento divenne un segno; considerai finito un tempo della mia vita, inaugurato un altro; decisi di serbare a memoria l'orologio, con le ore ferme su quell'istante.

Giunsi, per un'erta, al punto che poi credetti di riconoscere sulle carte come quota 2490. Io so bene che l'intelletto umano non può intuire le cose eterne, né del mio intelletto oserei dire ch'esso allora si profondasse tanto «che retro la memoria non può ire». Ma ebbi l'impressione come se un velo si squarciasse, un muro crollasse, e credei di capire l'identità di tempo ed eternità, di riconoscere in essa me salvato. Come nessun'altra volta mai, provai il sentimento indicibile di aver lasciato dietro a me la morte.

Era una conca selvaggia, con alcune lastre di macigno. Io mi sedetti, poi mi stesi sotto il sole sulla più lunga. Davanti erano i ghiacci; giù in fondo, dalla parte opposta, l'azzurreggiare dei laghi; a picco sotto a me la valle, scintillante di acqua e di sole. La vetta della Margna mi sorgeva accanto, nell'ombra del cielo, chiudendo da questo lato la vista, con la sua forma di un trono d'argento.

Io trassi di tasca un piccolo quaderno, dove avevo già scritto in una sosta della marcia, e scrissi cose che ora posso decifrare appena e non so più capire:

«31 agosto.

«Camminando sulla strada alta sopra Isola verso il ghiacciaio di Fedoz...

«Il mondo è il sogno di Dio...

«Il mio cuore tumultuava e si è placato...

«Io sono il camminatore che sceglie la strada alta...

«Ripensando al dolore di ieri sera:

«dove suona cupo, dove suona vuoto, lì è nascosta la sorgente, scorre l'acqua...

«Dalla cima dove sono arrivato, poco prima di mezzogiorno, in faccia ai ghiacciai, in alto sui laghi:

«Il solo pensiero che mi solleva è questo: Dio si ricorderà di me.

«Letteralmente, Dio si ricorderà di me; mi chiamerà, dai morti.

«Il punto si muove lungo il cerchio... Io mi sento rapito nel moto del cerchio.

«Esistono il tempo e l'eternità, e l'eternità è la coetanea del tempo.

«Grande masso incline su cui ho scritto queste cose.

«Il ghiacciaio striato ad ombre dalla Margna, alla mia destra: trono d'argento:

«*Hic manebimus optime.*

«Non so il nome di questo monte, su cui sto».

Certamente ero fuori di me, perché a questo punto, in fondo alla pagina, aggiunsi:

«Quel giorno più non vi scrivemmo avante».

Rimaneva ancora una pagina bianca del quaderno e vi scrissi nel mezzo:

CHIAVE
dell'
ETERNITÀ

## IV

Varie volte nei giorni successivi, levando dalla strada del lago gli occhi al cielo, dove le nubi dei tramonti versavano già rose d'autunno sulle solitudini, cercai fra l'altre la cima che avevo chiamata Chiave dell'Eternità. Ma era come se le compagne le girassero intorno e me la nascondessero chiudendola in un misterioso coro; specialmente dalla macchina in corsa, lo sguardo volto a quella parte, i monti mi s'aprivano a uno a uno, le valli coi loro fiumi ascendevano ai valichi, e sola quella roccia restava vietata al riconoscimento, quella di cui m'era parso di portare la forma impressa in cuore; e m'illudeva, era e non era, fra l'ombra amabile della Margna e il Corvacc dalla lunga ala d'argento.

Poi scesi alla città del piano, e non pensai nemmeno che dove avevo creduto di abbracciare l'eterno ero umiliato nell'effimero, fino al punto di non ritrovare fra le altre rupi e le nubi quella specie di Sinai – vaneggiante anch'esso come una nube – di non saper più il senso di quelle note in pallida matita violetta con cui avevo pensato d'incidere chi sa quali risposte all'enimma dell'universo. Invece mi sentivo in fondo all'anima come se fossi sicuro d'aver lasciato lassù, in qualche luogo, un tesoro sepolto; e come se io potessi, tornandovi, disseppellirlo. Così capivo il senso dei pellegrinaggi, dei luoghi santi; e, tornato l'anno seguente in Engadina, mi preparavo nell'intimo, forse senza neanche dirlo a me stesso, a chiudere la seconda stagione rifacendo il cammino, risalendo alla Chiave dell'Eternità, ritrovando lassù i pensieri profetici, il me stesso ispirato di quel giorno d'agosto.

Mia figlia mi doveva accompagnare; quasi come la bimba che segue il padre, ignara, al tempio dov'egli ha ricevuto una grazia; essa intanto pensa ai suoi giochi ed alle sue compagne.

Forse, arrivati in cima, avrei avuto l'ardire di dirle qualcosa, di farle capire.

Ma non riuscivo ancora a sentirla cresciuta. La mattina, baciandola, ero sempre impreparato a trovare la sua fronte all'altezza delle mie labbra; come se fosse salita su uno sgabello, la bambina che sempre era.

Voltandomi verso di lei, incontrando i suoi occhi scolorati dalla fatica del cammino, mi rimproveravo di far soffrire una debole creatura, di volerla, per egoismo, simile a me in gioie, in dubbi, in pensieri che non erano i suoi.

Non c'era più nulla dell'anno prima: non il gregge d'Apollo, non il fulgore delle lontananze, non le ali al cuore.

Una vecchia cadenza malinconica, una specie di rimpianto che avevo scritto in altri anni sul Lago Maggiore, mi strisciava nella memoria:

*Tante cose che sapevo*
*bene l'anno passato*
*quest'anno, chissà come, me ne sono scordato...*

*Il rio che l'anno scorso*
*mi parlava con voce di velluto*
*quest'anno è quasi asciutto, quasi muto...*

*Gli eucalitti del lago*
*li rivedo, ma non me ne appago.*
*Ahi, nulla è così bello come la prima volta.*

Così avveniva questa volta delle acque, delle rupi; l'aria smorta accorciava le distanze facendo prosaica ogni cosa.

Smisurate erano invece le distanze per l'indolenza della Nanni, che non osava nemmeno guardarle, e non si curava nemmeno di cogliere i pochi fiori che spuntavano, gialli, accanto la via. Stanca come una bambina svogliata, cadeva spesso a sedere dove capitava, chinando gli occhi sulle mani abbandonate; fragile, strana, con le gote esauste; mentre io a qualche passo stavo in piedi aspettando, e zufolavo fra le labbra mute non so che pensiero d'impazienza e di noia.

Passammo l'uno e l'altro contrafforte. Non vedemmo mai nessuno. Io speravo sempre che alla prima svolta si dovesse udire quel rumore d'acque dell'anno innanzi, vederle lampeggiare fra i sassi con la loro voce fresca, animatrice.

Invece, di curva in curva, di rampa in rampa, proseguiva il cammino senza sole; e il paesaggio diveniva torvo. La petraia, di colore bigio calcare, alla nostra destra, pareva di ossami. Qualche nube di tanto in tanto s'appesantiva sulle cime come se stesse per scenderne una Valchiria, messaggera di morte.

Un fischio, due di marmotta – il secondo tremendamente più lungo – forarono il silenzio. Fu come l'avviso di una tempesta di vento, di una sventura.

Il viottolo seguì una sporgenza, e poco dopo ci affacciammo a un'altra vista.

# V

A un tratto avvenne questo.

Noi c'inoltrammo su una striscia di sentiero dove non avremmo potuto camminare accanto; io mi misi avanti, la Nanni mi seguì.

Il sentiero era appena in salita, per niente faticoso al passo; quella spanna di terra su cui tenevamo i piedi era senza sassi, compatta e salda.

Ma il terreno, immediatamente alla nostra sinistra, piombava nell'abisso: centinaia di metri fino al fondo valle, dove scorreva, senza suono che si potesse udire, l'Ova da Fedoz. La rupe liscia, a destra, saliva obliqua senza appiglio.

Se uno, preso da vertigine, da deliquio, metteva il piede in fallo, saltava con un rimbalzo nell'abisso. Le erbe grame, taglienti, uscendo a ciuffi viperini dal balzo, gli avrebbero lacerato le mani senza trattenerle.

Questo vidi, e torsi lo sguardo.

Erano sì e no trecento metri di via davanti a noi. Tacevamo. Mia figlia dietro a me, certamente chiusa nei suoi pensieri, non vedeva nulla.

Ma io non avevo nessuna fiducia in lei. Un primo timore, un minimo turbamento, l'avrebbe scagliata nel vuoto.

Trattenni il respiro, come se fosse il mio respiro a tenerla in equilibrio. La vista, di là del passaggio, della frana fra cui scorreva finalmente l'acqua desiderata; il suono di essa che mi parve torpido e occulto; la vista, lì di faccia, dell'ultima erta di là da cui doveva essere la mèta; nulla mi poteva confortare. Erano come buone novelle sussurrate all'orecchio di uno a cui sale la febbre, a cui viene il delirio.

Verso la metà del passaggio ebbi, fulminea, la rivelazione, e vacillai.

Il sogno!

Io dunque nel sogno mi vedevo proteso dalla ringhiera di un balcone verso non so che donna, verso non so che vuoto; ed essa pure, la ringhiera, si sfaceva come ogni cosa nell'aria smorta; ed io restavo vacillando, ultima larva.

Essa era, essa era, mia figlia, la donna a cui nel sogno mi sporgevo pronunziando sillabe senza suono. L'enormità del suo piede, che avevo visto così contraffatto, che m'era solo rimasto della sua figura, era – certo – l'ingrandimento del mio orgasmo, la tumefazione della mia speranza, ch'essa puntando il tallone potesse trattenersi. Il suo vestito fiorato, il costume popolano di Val Badia, si rifletteva nella visione in quel sandalo o panno di colore che vedevo vagamente sul suo piede mostruoso.

Un ultimo brivido gelido mi rivelò l'ultima concordanza: il sogno di Nanni.

Ch'essa avesse pensato a lavar biancheria, occupazione lontanissima dalle sue, era un simbolo di acqua. La lavandaia del suo sogno si congiungeva alla popolana del mio.

Essa precipitava dalla scarpata fino all'acqua di Fedoz: questo era il senso.

Il cumulo senza fine di panni da lavare, il travaglio senza fine, era l'infinità, la morte. Faccia di morte era la faccia mulatta, la faccia negra d'Ildegarda Zoller.

Poteva stupirmi che l'idea di lavar biancheria nella mente di Nanni fosse legata all'immagine del vallone, dell'acqua corrente fra monti. Questo spettacolo delle lavandaie curve sulla spuma dei torrenti, familiare a me fin dalla fanciullezza, a lei era ignoto.

Ma già altre volte un'immagine mia era passata misteriosamente in lei; nelle nostre camerette contigue avevamo sognato una notte quasi lo stesso sogno.

Questa constatazione colmò l'orrore. Se pure le visioni notturne non erano profetiche, la violenza di questa visione d'ora doveva trasmettersi a lei, e svellerla dal suolo, lanciarla nella morte.

Due larve, due enigmi, andavano su quell'orlo di rupe.

Il tempo scattò.

Fummo dall'altra parte.

Ma io non trassi nemmeno il respiro di sollievo che mi saliva dal petto; pensai alla necessità, mostruosa di rifare, fra poco, lo stesso cammino.

Labile, muta, essa mi seguiva: un'ombra. Io la sentii mia creatura: con una sensazione che mi sconvolse le viscere, come se l'avessi generata da me, come se fossi anche sua madre. Senza voltarmi, senza toccarla, con tutte le forze superstiti del mio cuore l'aggrappai a me.

Il cielo grigio, sordo sopra a noi, era come una campana che da un momento all'altro potesse vibrare.

Allora, quando a destra e a sinistra di noi il terreno praticabile fu ampio e il dirupo si fu da ogni parte attenuato in declivio, mi volsi per guardare mia figlia (così credetti) – era pallida – ma in realtà l'animo mio voleva, di là da lei, scorgere e misurare il passo che c'eravamo lasciato dietro.

Visto sotto quell'angolo esso era veramente atroce: un ciglio, un taglio. L'erba che ne schizzava a cespi selvaggi, a fili lunghi, aguzzi, e di cui ricordavo soltanto il nome fischiante che ha nel mio dialetto, *ddisi,* pareva sgorgata dal raccapriccio del balzo.

La luce mi pareva già di crepuscolo, annottante. Cercai – mentre mi sentivo la testa vuotarsi, raggricciarsi la fronte – di tornare ai freni, di misurare le cose alla loro realtà.

Nessun alpinista, neanche uno che non fosse mai stato arrampicatore di pareti, nessun buono e sano camminatore avrebbe mai preso sul serio quel po' di sentiero. Rinsavito, potevo riconoscere di averne avuto or ora una visione, più che fantastica, frenetica.

Io stesso, l'anno prima, in quella giornata di sole, l'avevo percorso due volte, andando e tornando; e dovevo ora fare uno sforzo per ricordarmi di averlo notato.

Ma non si trattava di me.

Eccola lì la Nanni con gli occhi verdi come ramoscelli sul suo costume di montanara, con le mani un po' grandi, un po' rosse per l'aria ruvida, abbandonate lungo i fianchi magri. Lasciava strisciare per terra il suo bastoncello, appeso per il manico al polso; e la punta metallica suscitava suoni piatti dai sassi.

Certamente essa non era attristata che dalla sua svogliatezza e dal colore floscio dell'aria, piena di venti sospesi, di piogge future. Per questo era pallida. Anche il silenzio fra noi, che avevamo cominciato più per gioco che per stanchezza, era divenuto alla lunga fomite di melanconia.

Certamente non aveva guardato il precipizio, o l'aveva guardato con occhi tranquilli. Nella inconsapevolezza era salva; ma appunto di essa poteva perire.

Sbadata, pronta a svagarsi, inesperta di esercizi, tranne un poco di tennis, nuova ai terreni scabri; così la sapevo. In un calcolo di possibilità ragionate non c'era motivo di supporre che le dovesse toccare sventura; ma – in certe circostanze, aggiungendosi un timore esaltato che si sprigionasse dalla sua immaginazione – non c'era neanche motivo di escluderlo.

Giungevo, quasi quietandomi, a riconoscere che accanto alle probabilità di bene quelle di male erano poche; minime forse, volendo contarle per la quantità: accanto a un cumulo immenso appena un pugnello di polvere. Ma polvere esplosiva! Alla quale, giunto che fosse il fuoco della miccia, il chicco di fuoco invisibile che camminava lungo un filo grigio invisibile tra vette ed abissi, ecco la vampa, il rombo; in un atomo d'attimo sconvolte le proporzioni; quella massa inerte di probabilità favorevoli lacerata, scagliata ai quattro venti in un unico urlo.

Questo chicco di fuoco, questa bruciatura, che veniva dall'infinito ed era ancora nota a me solo, questo seme di vampa, favilla di destino, era il significato dei sogni: del mio e di quello di mia figlia, interpretato e incorporato nel mio, come se la mia creatura si fosse riassorbita in me.

Se mai vi furono sogni profetici erano questi: uniti l'uno all'altro da giunture perfette, chiari, espliciti, una volta belenatone il senso, come un enigma di cui si fosse trovata la chiave. Non era possibile che significassero altro, e non era possibile che non significassero nulla. Io negavo il caso e l'arbitrio nel mondo; tutto in esso aveva un senso e una ragione d'essere. Il cuore, nonostante ogni luce di passeggera ispirazione, il cuore m'era rimasto marchiato dall'immagine crudele che mani crudeli v'avevano impresse nei primi anni: un Dio che vede, giudica e colpisce, un universo che gli obbedisce come un rigoroso congegno, una foresta dove ogni foglia si muove secondo uno smisurato volere. Destino e ragione erano i tiranni dell'essere; capire e soccombere la sorte riservata a noi schiavi.

Se dunque quei sogni ci avevano visitato la notte, essi erano inviati, non oso dire dall'alto, ma da una spietata potenza; la loro necessità era schiacciante, non meno dei sogni che Giuseppe spiegò al Faraone. Saperne prima il senso, veder sospeso su noi il destino, non era un privilegio per sfuggirgli ma una tortura suprema per disperare e patire di più.

In questa certezza le speranze di poco prima crollarono; uno spettro divorante occupò la voragine, e le nubi sui ghiacciai furono vortici di assideramento.

*

Essa mi disse:

– Potremmo sederci qui, fare colazione.

Io non mi voltai. Le risposi:

– Se ci si ferma qui non si va più avanti. Faremo colazione in cima. É vicina.

Accennai la rupe di faccia a noi.

– Puoi andare tu – essa riprese. – Io t'aspetto.

Mi voltai a guardarla. Allora aggiunse:

– Possiamo arrivare fino all'acqua.

L'acqua che scendeva dalla Margna verso l'Ova da Fedoz, il torrente rampante a molte branche, come un artiglio, come una saetta, su cui m'ero chinato l'anno prima bevendone la mia esaltazione, era lì davanti: andava floscia fra i ciottoli e i detriti bigi della frana.

Traversammo l'una dopo l'altra agevolmente tutte le diramazioni; sull'ultima sponda mia figlia si sedette, e io vicino a lei. Sciolsi il sacco, trassi le provviste.

Avevo fatto tutta la salita da Sils in maniche di camicia, con la giacca affardellata fra le cinghie del sacco e la schiena. Qui il brivido dell'altura desolata mi schiacciò il sudore della marcia e dello sgomento sulla pelle; e mi vestii. Sentii nel pallore delle cose il mio.

Lentamente essa consumava il suo cibo, senza parlare. Io non potevo inghiottire nulla, ma tentavo di farmi forza perché essa non vedesse.

Ecco l'onda che m'era parsa sacra come una fonte Castalia, scintillante d'ispirazione; scendeva muta davanti a me, senza un sussurro, senza un chiarore che confortasse quella solitudine in lutto. Ecco, dietro a me, nascosta soltanto da una parete bruna che si poteva superare in pochi minuti, la conca delfica, piena di afflato, intorno a cui le rupi nell'etere leggero m'erano parse fiammeggianti come le Fedriadi di Apollo.

Inaccessibile ora, come un Everest! Irraggiungibile! Nessuna forza umana avrebbe potuto instillarmi la forza di salirvi.

Vile, reietto, abbandonato da tutto ciò che nell'universo poteva meritare il nome di Dio, io non ero che ombra di me stesso dopo un trànsito di dannazione. Ancora un guizzo di vana intelligenza traversò, corruscandolo, l'orrore del mio vuoto; e se poco prima avevo edificato il costrutto dei sogni leggendo nelle sue lacune la rivelazione della sventura imminente, ora, miserabile Prometeo addossato a una rupe senza martirio, scoprivo la colpa generatrice del gastigo che calava su me.

Io dunque, l'anno prima, su quello spalto fra i monti avevo vaneggiato di sentire l'Eterno! Io m'ero riconosciuto salvo in Dio!

Dal mio arbitrio solitario, dalla nuda chiostra di pietre e d'aria, io credevo d'aver raggiunto – non saprò mai dir come – in un ratto dell'anima – quella zona dell'essere dove il Tempo si volge su se stesso, dove l'Attimo ripete il suo passo e i millenni si schierano simultanei; d'aver toccato io vivo, terrestremente vivo, il fondo dove il Maelstrom dell'infinità rimbalza e restituisce spumeggiando di raggi, duplicato, ciò che aveva sepolto nel succhio delle sue cateratte; il punto dove lo spazio afferra il tempo e non lo lascia più fuggire; dove lo spazio, superficie dell'essere, ascolta battere il suo proprio cuore, battere il tempo, e non ne impallidisce; questo orrendo nascosto cuore, assurdo e certo; questo enigma mostruoso che è la Vita e a ogni battito è Morte, il presente che allo stesso suo nascere è passato; il Mondo nato morto, morto nato; io credevo d'aver toccato il luogo, Non-Luogo, dove la Vita, emersa tutta in luce, ha reciso dai suoi piedi la macchia nera, il vuoto d'ombra dove torrenzialmente, inesauribilmente, si precipita e affonda; il luogo non-luogo dove tutto quello che è sta; dove ogni cosa è viva, e sola

LA MORTE É MORTA,

il Trono!

Ora dunque io ero come se avessi visto Géova e dovessi morire. Io che avevo *intuito* Dio! E che cos'è intuire, se non vedere – e possedere? Io che avevo *compreso* Dio! E che cos'è comprendere se non prendere in sé, imprigionare nel cerchio della propria mente, ripensare il Creatore? Crearlo?

Come il pazzo Nietzsche, che errò su questi valichi, io pure, suo gramo simulacro, ombra del suo calcagno, m'ero affisso nel sole del Primo Peccato; m'ero sporto sul baratro sfolgorante della perdizione.

«E il Signore Iddio disse, Ecco, Adam è divenuto
come uno di noi, conoscente del bene e del male; ora
dunque, ch'egli non mette la mano sua, e pigli
eziandio dell'albero della vita, e mangine, e vive in
perpetuo...

«Così egli cacciò Adam; e collocò
dinnanzi 'l giardino d'Eden de' cherubini, con una
lama di spada luccicante, a guardare la via dell'albero
della vita».

Ma io, rinato Adamo, avevo attraversato le spade luccicanti; io avevo ritrovato l'Albero della Vita, in un giardino di nient'altro che di ghiacci e macigni; il cui fusto era d'etere azzurro, la cui fronda era sole. Io avevo mangiato dell'aereo frutto; io quel masso su cui m'ero disteso l'avevo chiamato

CHIAVE DELL' ETERNITÀ.

Esecrabile io!

Ora ecco quello che c'era in fondo a me, la verità della mia anima e del mio destino: un'intelligenza empia, sfrenata, uno spirito di prevaricazione.

Certo, le ore dell'anno prima erano state pure; il tossico che avevo bevuto e che ora mi squarciava le viscere era limpido come l'acqua. La mia coscienza nel momento della trasgressione si sentiva tranquilla, anzi gloriosa.

Ma la Menade orrenda torcendosi si crede invasa da un dio. L'orgasmo dell'assassino somiglia all'entusiasmo del martire.

Poi l'ebro disebriato vede il suo vomito; l'assassino sta davanti al cadavere.

Il tempo che ritorna su sé, che si avvolge in se stesso, non mi pareva ormai che un gurgite di rimorso; rimorso, suicidio eterno, mi pareva il serpente dell'eternità che si morde la coda.

Dio dunque mi aveva visitato nell'ultimo sonno bisbigliandomi parole che ora capivo:

– Prendi la tua creatura, tu che hai creduto di comprendere il Creatore, tu che hai preso il Creatore nei lacci della tua mente. Conducila lassù, dove hai conosciuto l'Eterno. Lì essa conoscerà la morte, e tu conoscerai la morte nella sua carne che è carne tua, in cui eri divenuto innocente.

*

Essa mi guardò con occhi umili e disse:

– Anche tu ti senti poco bene. Hai preso freddo.

Io dissi:

– Sì, freddo. Sarà meglio muoverci, fare colazione più giù.

Tremando raccolsi il sacco; mi alzai; mi agganciai. Essa mi aiutò con le sue mani inabili.

Nell'aria aspra sentii vicino a me l'odore dei suoi capelli: odore debole; di pane; d'erba. Come mi parve piccola! Riconobbi il suo viso di bambina. Inorridii d'averla tolta a sua madre.

La vedevo in fondo all'abisso: un mucchio, la fronte sanguinosa, la mano spenzolante dal polso. Quanto tempo avrei messo per raggiungere anch'io il fondo? Da che distanza avrei gridato con la speranza che i pastori di Cadsternam mi udissero e venissero portando una bara?

*

Cominciammo la discesa.

Avremmo potuto abbandonare il sentiero, tenendoci a sinistra, in alto. Tra frane e crepacci, ma in una inclinazione di suolo che escludeva ogni rischio, si poteva doppiare la rupe. Dall'altra parte, dove la prosecuzione del terreno mi era nascosta dalla sporgenza, avremmo certamente trovato un declivio praticabile verso la via battuta.

Ma, sostato un momento a esplorare con gli occhi e con l'anima, mi accorsi che il *certamente* che dicevo a me stesso non esprimeva nient'altro che una possibilità. Non avevo osservato la scena con queste intenzioni salendo, e poteva darsi benissimo che dall'altro lato mi aspettasse un altro strapiombo o una di quelle trappole d'alta montagna dove sembra ugualmente impossibile avanzare e recedere.

Come avrei fatto d'altronde a indurre la Nanni a seguirmi? Depressa com'era, avrebbe creduto che io, lasciato il pensiero della piccola ascensione per cui eravamo partiti, volessi intraprenderne una più malagevole, senza un perché. O avrei dovuto dirle il perché, svelarle il terrore, atterrirla.

Chinai il capo.

Scesi per il noto sentiero.

Entrai nel transito.

*

Qui feci questa cosa assurda.

Io ero di nuovo primo, la Nanni veniva dietro.

Io dunque procedevo di passo in passo, ponendo cautamente un piede dietro l'altro, anzi posandolo ogni volta come se mi fermassi; intanto mi piegavo con tutto il corpo, addirittura mi spenzolavo, dalla parte sinistra del viottolo, dalla parte opposta a quella del burrone, senza mai guardare la profondità. Il mio bastone di ciliegio lo stringevo nella mano sinistra, sollevato, a ogni passo appoggiandolo alla muraglia di roccia, quasi a ficcarvene entro la punta. Dalla parte dell'abisso tenevo la mano destra, alzata, aperta, bilanciata, come chi si tiene sospeso in equilibrio.

Credevo così d'influire sulla Nanni; perché essa, senza spaventarsi, imitasse d'istinto il mio equilibrio.

Mi sentivo scoppiare il cuore. Se una marmotta avesse fischiato, se un uccello scuro mi fosse volato sul capo, non avrei resistito.

Sentivo ogni cosa nel silenzio.

Mi pareva di sentire il risucchio d'aria del passo che mi seguiva e ch'io non vedevo.

Il vento era calato.

Il tempo scattò. Fui fuori della bolgia.

# VI

Un riso folle mi partì dal più profondo del petto, ma rimase chiuso fra i denti, inespresso.

Certamente mi fiammeggiarono gli occhi.

Così mi vedo ripensandomi: come un cavallo ombroso che, traversata la zona del terrore, è tutto un nitrito anche se nessun suono gli esce dalle froge, dalla bocca dove i denti sono lunghi come quelli di un teschio: un cavallo nero, folle, a cui il cuore batte come se fosse doppio, a cui una brezza di pacificazione finalmente carezza il collo, sconvolto, benevola come la mano di un dio.

Un fiato di vento sottile, misterioso, uno di quei respiri che cercano musica nelle zampogne, nelle erbe, che scorrono origliando la terra, mi accolse dall'altra parte.

La via di spavento, il ciglio aggrottato sul balzo di morte, era dietro a me; mai più, mai più, né in questa vita né in un'altra mai, sarei stato costretto a ripassarvi.

Nanni era come me, vicina a me. Quasi osavo voltarmi per guardarla.

Quale strana illusione fa sì che anche in questo momento io non riesca a vederla se non straordinariamente piccola, parecchie spanne sotto la mia statura? Non già come se fosse rientrata nell'infanzia, sminuita tutta quanta dalla sua debilità; invece, vedo il suo busto, vedo le braccia, e il resto è come se fosse sotterra, come se fossi io a tirarla su da una fossa, a tirarla su con le due mani mie su da un naufragio.

Il suo viso era delicato e attonito; i suoi occhi che sentii nello sguardo, sgorgante dalle palpebre sulle guance tristi, avevano la tinta fioca, antelucana, di certe cinerarie.

Essa mi guardava e non mi guardava. Se il suo occhio s'imbatteva nel mio, subito lo ritraeva dietro le ciglia.

Avrei potuto capirla se avessi badato intensamente a lei. Essa era scossa ancora dal sussulto che l'aveva costretta a divenire improvvisamente materna, a sentire pietà di me.

Ma io ero pieno ormai di un'ansia frettolosa, che a ogni passo diveniva festosa: raggiungere la casipola di pietre a secco che sorgeva, non più grande di una cameretta, sul margine del pianoro, all'affacciata.

Forse era un rifugio di pastori – pareva ancora di vedere le mani nocchiute che l'avevano alzato a sasso a sasso – ma abbandonato, chiuso; e non serviva a nulla. La porta grigia, squarciata dalle crepe, forse avrebbe ceduto ad una spinta; ma per farci intravedere, nel buio, nient'altro che un po' di vecchio fimo.

Pure, quelle misere mura divenivano una mèta di favola; io stesso finalmente mi rimpiccinivo; e nella prospettiva fanatica della mia immaginazione eravamo due bimbi fratelli che giungessero infine a un ospizio, dopo una novella d'orco.

Qui giunto mi sedetti fra i sassi, con le spalle appoggiate agli altri sassi, della casipola. Sciolsi il sacco, cavai fuori di nuovo le provviste; già proteso verso un pasto, vergognoso e avido, come dopo una fuga.

Ma quasi allo stesso tempo sciolsi anche, senza volere, il fascio di brividi che portavo chiuso in me; ne fui avviluppato come da un'acqua di svenimento, di rinvenimento; ne ebbi assordate le orecchie; la voce mi proruppe:

– Sai! Sai! – dissi – Nanni! Nanni! Che cos'è avvenuto! Niente! E tanto!

Precipitoso, rotto, le narrai ogni cosa; le descrissi, le disegnai nel nulla, con le sue concordanze notturne, l'edificio di annichilamento, il castello di nube e fuoco che ora era naufragato a sua volta nel nulla. Mi animavo narrando, godevo perdutamente come se la mia mente avesse generato qualche cosa di orrendo ma grandioso; e il piacere dell'assurdo mi compensava dell'aver patito, e non cedeva ancora alla vergogna.

Essa mi ascoltava, col piccolo mento un poco in avanti.

– Oh io pure io pure – disse infine alzando la voce come uno zampillo – io pure ho avuto tanta paura. Mi pareva che tu stessi per morire. Ti appoggiavi, annaspavi con le mani, come se non stessi più in piedi. Io non sapevo che fare. Pensavo: dove sarà un medico? Che faccio io se muore? Io non sono mai stata accanto a un morto.

Ridemmo. Le nostre due favole folli s'allacciarono, si sciolsero, perirono nella fuga dell'ora; ma le nubi sopra a noi erano ancora maligne, e il nostro riso fu preso dal vento delle forre, dal fischio crudo che traversa i ghiacciai.

*

Riprendemmo la marcia in discesa.

Per un poco ancora i boschi che pezzavano i clivi sotto a noi non furono che colore e ombra, macchie sul mantello scialbo della montagna; poi divennero forme;

sorsero a uno a uno; prima scheletrici, poi coperti di fronda e di soffici suoni; prima isolati, avanguardie sospettose, disperse, poi folti, comitive giovanili, tenendosi pei rami alti come per mano, ondulando verso la valle.

Dalla valle il suono dell'Ova da Fedoz saliva come una voce contenta.

*

Arboscello che cammini davvero accanto a me! Vivente!

Tu, verde!

Mi è stato dunque permesso ch'io ti riconducessi a valle, tu che sei il mio Isacco, il mio agnello.

Dio non era il mostro dalle fauci di rupe dove dovevi cadere. La tua mano è nella mia.

L'odore fino, vegetale, che parte dalle tue tempie, dal tuo vestito lungo, tutto verde, a mazzetti di fiori, quest'odore d'infanzia che il respiro dei boschi riconosce e fa suo, non è l'odore schiacciante della morte.

Il tuo passo a volte saltellante, talvolta impacciato, un passo diseguale, improvviso, è come se ti ricordassi che cammini, che hai imparato a camminare, tu che ancora ieri, con le ginocchia senza forza, eri una bambina.

Le tue mani non hanno ancora lasciato andare la matassa di fili fra te e il tempo oscuro, il tempo della culla da cui sbocciavi; le tue mani che non sanno che fare, e l'aria fra dito e dito vi sospende il futuro.

– Sacrificale! Non sacrificata! – Io queste parole insensate non le voglio dire, ma le voglio premere fra labbro e labbro – come fra foglia e foglia d'albero nel vento – col loro suono amaro di delirio, e sentirne scendere il suono, come una fosforescenza, nel pozzo della mia allucinazione; io che cammino solo, non seguíto da altri che da un'ombra; ma sono come in un corteo: al ritmo del mio passo, del mio cuore, marcia funebre tramutata in trionfale.

Sacrificale! Non sacrificata; poiché che sarei io senza di te? Tu la mia ombra, ombra d'argento, luce in luce; acqua specchiante a cui, soffermato io mi guardo, e sono puro; eco da cui la mia voce ritorna in un trillo di melodia.

Poiché tu sei come me; me stesso; il gesto della tua anima è uguale a un mio: un rovesciare del capo presagendo suoni sopra a noi che l'orecchio non coglie; un affacciarsi da finestre alte; un tendere le braccia verso le rive fuggenti coi loro stessi fiumi.

Così tu sei come io,
un sospetto di vita,
rabdomante!

Ma le tue sopracciglia ancora non si sono corrugate, e quello che in me è caduta, in te è zampillo, quello che in me è sconfitta in te è mattutino diritto, brivido risvegliatore su vette arboree di paradisi.

Io, per questo, perché tu mi potessi giustificare, ti chiamai una volta dal nulla; nascesti; ora non so Chi di nuovo mi ti riconduce, salva, dal Nulla, ch'io stesso ti spalancavo.

Dunque non potrai più morire.

*

Così cantavo fra me. Essa intanto dondolando il suo capo di ninfa, giocava con la mia mano nella sua, portandola avanti indietro, indietro avanti, secondo il moto dei passi ormai scanditi su misure di allegrezza.

I suoi occhi erano sempre pallidi come se si fossero specchiati in uno stagno di solitudine; come se portassero lo stupore di una cecità dissigillata. Pareva che qualcuno le avesse sollevato le palpebre prendendo fra le dita quelle ciglia, lunghe, curve; svegliandola da non so che sonno dormito sotto un plenilunio.

Ma le strane pagliette d'oro che aveva in uno solo di essi si animavano al rianimarsi del cielo, dove le nubi si spartivano ricadendo sui monti; come tracce di una scrittura solare cancellata che forse si potesse decifrare ancora.

Io la guardai negli occhi, e in essi mi smarrii. In lei, rapito, amai sua madre, dalla voce virginea; amai mia madre, dagli occhi mansueti, ch'era tanto lontana.

E mi rincrebbe ch'essa quasi non la conoscesse, che non l'avesse mai più vista da quando era proprio una piccola bimba, coi suoi pochi capelli biondi sul debole capo, così teneri e fini che facevano dolcezza, quasi facevano pietà, a guardarli.

Le età, le stagioni, mi si confusero in cuore.

La rividi laggiù, sui monti di Sicilia, fra alberi soffusi di tramonto, con le iridi cerule dilaganti tranquille davanti a un lontano mare. La nonna, con lo scialletto nero, si chinava su lei, tutta color di rosa.

Oh sì, dovunque nata, e poi così migrata, essa era di quei monti, di quel mare; siciliana. La riconobbi al viso lungo, alla fronte seria; alla malinconia.

Camminavamo tenendoci per mano; dimenticavo gli anni; di tutte le parentele, le vive e quelle che erano sotterra, si fece, non so come, una cosa sola; e mia figlia fu una del mio sangue, una sorella.

Così, sorgendo da ogni parte brume di visione, non vedevo più la valle di Fedoz, l'Engadina; ma i monti miei, la valle su cui nacqui.

# VII

Io nacqui su una vetta di monte che s'affaccia da ogni lato a guardare: la valle, altri monti, uno specchio di mare.

Esso è molto turchino e lontano. I fianchi dei monti si fanno da parte, come cortinaggi pesanti, per lasciarlo vedere.

Quando arriva il tramonto una polvere d'oro sfavilla su tutte le cime. La più bella di tutte è la montagna di Termini, con due cupole azzurre incontro al cielo.

Le nuvole rosse si fermano un poco come carri di dee. Le piccole vele s'intarsiano sul mare come fiori di marmo. Poi scende la sera.

Io nacqui la notte di San Martino, che ha tante stelle filanti quanto quella di San Lorenzo. Mio padre uscì sul balcone, in quei messaggi di luce lesse un presagio, un destino.

Io crebbi davanti ai grandi orizzonti; e udivo suoni remoti. I fiumi, scendendo la notte fra i boschi, avevano voci d'amore; i lumi delle case coloniche si spengevano sui clivi per lasciare accostare le stelle.

D'estate, quand'io e mio fratello venivamo da Palermo in vacanza, al passo di Forrione ci fermavamo a cavallo nel vento. Di là ci appariva Polizzi, il nostro paese, al vertice di un'ascensione.

Un'aria sospesa, un silenzio composto di occulti ronzii, l'avvolgeva. L'aria era mista di miele e freschezza.

Le case, grigie e rosa, allineate su tutta la vetta del monte, parevano un naviglio che stesse per salpare. La nostra era l'ultima; aggrappata coi pilastri di pietra all'orlo del dirupo.

Terra rossa, di vivo colore, sotto il passo delle mule! Ultime ginestre, ancora incendiate, in cima, di sacri fiori!

Le mente, i timi, le erbe care alle capre, spandevano sul nostro cammino aromi religiosi. Le vigne della Scaletta, poco prima di giungere a casa, erano d'un verde così scuro che dava bagliori d'indaco, come un pezzo di mare.

Cavalcavamo a fianco; mio fratello, un poco più piccolo di me, aveva ancora riccioli biondi. Ora è sotterra.

*

Ci piaceva veder i sassi, abbandonati dalle nostre dita, rotolare lungo i precipizi nudi, spiccarsi con un ultimo salto dall'ultimo appiglio, e affondare non visti in un abisso di fronde.

Con la vanga tracciavamo sentieri sulla balza, imitando la strada che scendeva dai monti al mare, bianca e volubile come il letto del torrente fiorito d'oleandri.

Io godevo deviando con la vanga i ruscelli; o, seduto sulla proda, seguivo con gli occhi il volo del corvo, il grido del pastore, che varcava la valle sul sereno.

Scendevo, dopo i primi acquazzoni, sull'equilibrio delle mani tese come su ali senza penne; e coglievo i garofani selvaggi in fondo al borro sonante. I tuoni rientravano brontolando nelle loro caverne.

Fra battaglie di fanciulli prendevo d'assalto, io solo, il colle della Trinità, salendo di corsa sotto la sassaiola, sicuro che nessuno mi potesse colpire.

Mi alzavo la notte per veder sorgere il sole da Monte Pizzuto, come un ostensorio. Nei pomeriggi di settembre, fra le sabbie e gli allori di San Paolo, raccoglievo a fasci le stipe; e le sere senza luna davo fuoco al falò, perché il rugghio splendente dicesse di monte in monte la pienezza del mio cuore.

*

Ma le sere d'ottobre come scendevano meste! Pei sentieri del ritorno, sotto l'Avemaria, quanti quanti scialletti neri!

Poi veniva il tempo di partire. Arrovesciati sulle groppe, con le redini lunghe, calavamo per l'erta; le mule cercavano tre le selci il passo; il vento dell'autunno si beveva le nostre povere lacrime.

In un'ora eravamo a valle; costeggiavamo il muro del vecchio cimitero, la Chiesuola di San Gandolfo con la sua campanella.

Allora mio padre apriva il balcone sul monte; si vedevano lampeggiare i vetri; ci chiamava, salutando, l'uno e l'altro per nome. La sua voce era forte.

Ora anch'egli è sotterra.

*

Oh perché m'hanno riempito il cuore di cenere e tenebra? La morte è un sogno.

E noi abbiamo riempito di quest'orrore tutti i vuoti dell'Universo.

Perché m'hanno raccontato che, quando fa buio e le chiese si chiudono, i piccoli diavoli neri con le facce di mori vi pullulano dal suolo, come topi da una fogna? Perché m'hanno raccontato storie d'orchi e di draghi, con sbattere di catene?

Il mio cuore era un fascio di messaggi celesti, come una notte d'estate; e l'hanno oppresso.

Io sedevo fanciullo su balconi del sud, profumati di cacti e di zàgara, sotto le costellazioni, e udivo i baratri flagellati da catene d'inferno.

Un dio di gastigo, un dio di eterna vendetta, m'hanno insegnato ad adorare, me ancora incolpevole: Moloch divoratore, Satana torturatore, e lo chiamavano Dio.

Ora egli non esiste, e io voglio strappare perfino il suo nome dalle piaghe del mio cuore, dalle piaghe che vi ha aperte coi suoi artigli sanguinari, egli che non esiste, il grifone d'abisso; il mostro della voragine dove la mia creatura era spinta da me, dal tremito delle mie mani, parricide; poiché soltanto dentro il nostro cuore è la morte, in esso generata; essa la figlia di Satana e della Colpa, abitatrice del nulla.

Io voglio alzarmi dalla tenebra, aprire questa fronte alla luce; alla compagna di questo mio poco di strada io non voglio parlare che del Padre, quale lo vide nei cieli futuri, levando gli occhi dal remo, il giovane Cristo vogante su un lago più azzurro di questo lago di Sils, che ora, ecco, ci appare di nuovo, fra ciglia trasparenti di larici.

E voglio, concorde con gli uomini, dare opera anch'io, dare il mio respiro, perché finalmente sia vuotato il vuoto dei vani Spaventi, dei fantasmi ululanti di cui lo riempimmo, finché Uno finalmente non sorga, rinnegando la morte; ed essa sparisca; e dal diluvio delle tenebre emerga, tutta Ararat, tutta alle miriadi di soli, la Terra promessa, la Terra.

Uomo uomo, ama ama, crea crea; su ogni respiro di tempo che pullula dall'eternità tu chinati con respiro creatore; il vuoto è la morte.

Ed Eros e Thànatos, l'Amore e la Morte, così sono fratelli; dove l'uno tramonta l'altra appare.

*

Essa intanto, la figlia del mio amore, m'era accanto, più blanda d'un ramoscello d'olivo; vicina e lontana come un suono di campana. E ora essa parlava molto, come un cinguettare, ma io non udivo le sue parole.

# VIII

Prima trovammo gli alberi, poi gli animali. I primi che rivedemmo furono i maiali rosa davanti all'Alpe Pedpreir. Erano gli stessi della mattina, stesi sui fianchi: quattro. Ci parvero agli stessi posti; forse non s'erano nemmeno rivoltati.

Questo ci fece ridere. Noi avevamo vissuto vite e morti; ed essi sorbivano nei buchi tondi del grifo l'aria condita di lezzo, e si gonfiavano e si sgonfiavano. Gli occhi erano superflui; le zampe rientravano nel ventre.

La vita dentro di essi era un baluginare, un minimo chiarore dentro l'oscurità. Fa meraviglia che non s'apra a ricuperarli la terra, a cui somigliano. Quando hanno fame, o amore, o paura, non sanno che grugnire: ch'è un suono uguale a quello che fa il fango quando s'apre una botola a ingoiarlo.

Non devono soffrire molto, e si può dire che siano felici. Ma non avremmo voluto che le anime nostre fossero dentro quegli involucri.

D'uomini e d'animali, e di leggende di reincarnazione, discorrevamo scendendo di giro in giro la montagna. Così camminavamo di buon passo sul valloncello deserto accanto alle erbe pallide, e lasciataci alle spalle la vista dei ghiacciai ci affacciammo di nuovo a vedere la penisola di Chasté, con le sue lunghe capigliature d'alberi, natante in mezzo al lago.

Gli aghi delle conifere, ai lati della via, trapungevano il cielo, occupato da nuvole miti dove già si destavano colori di tramonto. All'improvviso vidi un che di bruno sopra un tronco; e palpitando, col cuore in gola, m'accostai: facendo segno di silenzio per non farlo fuggire.

Sì, era uno scoiattolo, e volevo mostrarlo alla mia figlia cittadina che certo non ne aveva mai visti.

La sua coda di lusso era contornata di peli più chiari, più accesi come di un fregio di fosforescenze che brillava nell'aria tenera. Estasiati stavamo a mirare ai piedi dell'albero; ma forse io più fanciullo della mia compagna, che guardava con occhi di donna la vezzosa pelliccia.

Essa intanto, la bestiola, abbracciata a un'ascella dell'albero, lasciava appena vibrare la coda e il collo, sbirciandoci di sopra in giù con gli occhietti fulvi. A un tratto, lasciata la speranza di non essere vista, si lanciò con paura ridicola verso la cima, facendo scricchiolare la corteccia e cadere le pigne. Di lassù, poco più rassicurata, ci guardava tremando, agitando il capino come se ce lo volesse scagliare.

Sui prati vicino al Waldhaus c'erano già alcuni bambini; e molto numerosi erano i piccoli uccelli sull'erba.

Forse, se ci si dovesse reincarnare, è la forma che si vorrebbe preferire; specialmente degli usignoli. Così ragionavamo ricordando novelle orientali. Fra tutte le creature del mondo gli uccelletti canori sono quelli che hanno più voce in più piccolo corpo; perciò somigliano ad anime.

# IX

Della stessa natura sono la luce della folgore e quella del sole; ma l'una schianta con uno squillo, e l'altra è diffusa come un'ambrosia nella amara bevanda del tempo.

La luce del sole, finalmente uscito dalle nubi, era sulla soglia dell'albergo quando noi vi giungemmo. Il fiume che gli corre accanto, l'Inn, la prendeva nei gorghi e ne traspariva ridendo.

Il piccolo jazz di tre musicanti sonava sul vestibolo esterno, pei bevitori di tè. Suoni ed effluvi restavano sospesi fra le fronde e le gronde lucenti.

Anche la sera il jazz sonò, nella sala grande. La Nanni, benché stanca, vi apparve; vestita di nuovo di verde: di un vestito lungo di crespo nero a fitti grappoli verdi. Ci sedemmo accanto senza compagni. Fra la gente, come sui cammini dei monti, essa era la bandiera della mia solitudine.

La musica da ballo componeva in leggere ghirlande i battiti del tempo, le pulsazioni del mio cuore. Il violinista viennese, che sonava un passo più avanti degli altri, si sentì nel mio sguardo di simpatia; credé d'essere ammirato; più amorosamente di prima piegò il capo sullo strumento; più forte appoggiò sulle corde l'archetto; fortemente con la ciocca della fronte segnò il tempo; dagli occhi molli aperti mi disse il suo cuore grato, così dolci che poco mancava si stemperassero in lacrime.

Un giovane biondo, che chiamavamo fra noi per scherzo Apollo, mi chiese permesso di ballare con mia figlia. La prese con sé.

Il tango malinconico come la portava lontano! Che echi d'antipodi! Che venti di prateria! Che cieli stellati!

Quando mi ripassava vicina, pareva già dormisse. Il bianco degli occhi saliva a velarle le pupille.

Poi, tornata accanto a me, senza parlare, soltanto col battere le dita sul bracciòlo della mia seggiola, mi fece capire d'avere sonno. Io lasciai che andasse.

*

O separazione! O fine! Tu pure esisti, e sei dolore. Questo giorno divino non risorgerà più.

Invano il violinista viennese cercava il mio sguardo; la musica, rimasta sola con me, danzava con le seggiole vuote.

Tutto nelle volute del passato era il mio pensiero; nel giorno vano e tremendo in cui avevo creato e distrutto la morte.

Io, quasi annichilandomi in una delizia più profonda del sonno, pregavo che quel giorno non perisse, che restasse comunque sospeso, ch'io lo potessi ritrovare un giorno, un'ora, pregavo che in quell'ultima ora io la potessi rivedere la mia fanciulla salvata, e in quella vista io conoscessi la dolce morte che ci fa immortali,

EUTANASIA.

# *Ascensione del 1931*

## *Tempesta nel nulla*: l'umiltà della narrazione

### I. Borgese narratore

Ho letto alcuni romanzi: confessione da non farsi senza un rimasuglio di rossore. Perché, a voler guadagnare l'indulgenza di certe confraternite, ci si dovrebbe astenere così dallo scrivere come dal leggere romanzi, essendo poco men ladro di chi ruba quello che tiene il sacco. La stessa malevolenza che prima si esercitò contro il poema epico si trasferì poi tutta contro il romanzo suo figlio primogenito. Ma non contro il romanzo solamente. Contro la novella e il dramma e il libro e in genere contro ogni cosa che avesse un principio, un mezzo e una fine, un significato e una struttura. Ci fu tempo che per poco non polverizzavano la *Venere di Milo* per passarla allo staccio e conferirle la volta impalpabilità degna di tali raffinati intenditori. Come si spiega questo decadimento del gusto? Non c'è bisogno di spiegarlo. È un aspetto sincrono e concomitante di tante altre decadenze. Ma ora che questa voga è illanguidita e si spenge e quasi tutte le suddette confraternite si vanno sciogliendo, restando a ricordarle qualche solitario asceta casalingo come dopo la chiusura dei monasteri rimasero le monache di casa, se ne può discorrere con la benevolenza a cui deve ispirarsi un anticipo di commemorazione. Carducci non aveva scritto che liriche e saggi; D'Annunzio fece di tutto, ma appariva ovviamente che i suoi romanzi e i suoi drammi risultavano da espansioni del suo lirismo quasi slargantesi di passaggio in conche più ampie; Fogazzaro non seppe convincere i letterati cispadani; e Verga rimase, per altre ragioni, inaccessibile. Poi venne Pascoli e scrisse: «Sì, la poesia è rara. Proprio rara la poesia pura. Ma c'è la poesia *applicata*. La poesia *applicata* è dei grandi poemi, dei grandi drammi, dei grandi romanzi. Ora, molto ci corre che questi siano tutta poesia. Immaginate che siano un gran mare, ognuno. Nel mare sono le perle; ma quante? Ben poche; però in quale più, in quale meno. Occorre anche dire che in essi poemi, drammi, romanzi, la poesia pura di rado si trova pura». E allora, pensarono i letterati, o perché non ci mettiamo a fare poesia pura e basta? Poi sopraggiunse Croce e, paragonando anch'egli la poesia al bel fanciulletto che sta sul gradino infimo della scala spirituale, disse che «un gran poema potrebbe contrarsi tutto in un'esclamazione di gioia, di dolore, di ammirazione, di rimpianto». E allora, pensarono, perché non mettersi a fare esclamazioni, a pronunciare parole dapprincipio in libertà provvisoria e dopo, via via che si siano abituate all'aria, libere addirittura?[2]

Giuseppe Antonio Borgese fu un uomo di cultura particolarmente precoce. Nato nel 1882 a Polizzi Generosa, in provincia di Palermo, fu a inizio del XX secolo tra i giovani più attivi nell'azione di rinnovamento intellettuale, in senso antipositivista, portata avanti in ambiente fiorentino. Collaboratore alla rivista *Leonardo* di Papini e Prezzolini, fondò un'altra rivista, *Hermes* (1904-6), con la quale difese una posizione dannunziana della quale ebbe a pentirsi più tardi. La sua tesi di laurea, *Storia della critica romantica in Italia*, fu apprezzata da Croce, che la fece pubblicare per le edizioni di *La critica*. Fu presto corrispondente della stampa dalla Germania. Le sue cronache da Berlino gli permisero «di ottenere lusinghiere proposte di collaborazione da riviste e quotidiani nazionali[3]». Dapprima collaboratore de *Il mattino,* lo diven-

2 G.A. Borgese, *Tempo di edificare*, Milano, Mondadori, 1923, pp. 79-81.

3 Ambra Meda, *Giuseppe Antonio Borgese "pellegrino appassionato"*, Parma, MUP, 2006, p. 45.

ne poi *de La Stampa* e dal 1911 fino alla morte scrisse per il *Corriere della sera* articoli di letteratura e politica. Il giornalismo si confaceva alla sua volontà di azione diretta sulla cultura italiana. Tuttavia Borgese manifestò più volte, nella sua corrispondenza privata, insoddisfazione per le fatiche di quell'attività, tanto più quando negli anni '30 la censura fascista interveniva sui suoi articoli[4]. Già nel 1905 Croce, che su *La critica* aveva lodato gli articoli di Borgese per *Leonardo*[5], gli aveva scritto una lettera,

> accusandolo di aver abbandonato le aule universitarie per le redazioni dei giornali, di essersi in tal modo sviato dai suoi primi studi nei quali aveva dimostrato tanto promettente ingegno, in altre parole di essersi lasciato andare, di aver assecondato le «tendenze pericolose» del suo animo, «pigrizia, disordine, *flânerie*»[6].

Dal 1910 Borgese fu professore di Letteratura tedesca all'Università di Roma. Dal 1917 insegnò la medesima all'Accademia scientifico-letteraria e alla Facoltà di Lettere di Milano e dal 1926 all'Università di Milano gli fu assegnata la cattedra di Estetica e Storia della critica, la prima in Italia di tale disciplina. Dal 1931 insegnò negli Stati Uniti: professore di Storia della critica ed Estetica a Berkeley, di letteratura comparata allo Smith College a Northampton e all'Università di Chicago (fino al 1948). Negli Stati Uniti andò dapprima per un breve periodo d'insegnamen-

4 Cfr. *Ib.*, pp. 33 e 40.

5 "Assai di rado mi è capitato di leggere scritti di estetica così meditati e penetranti come questi del Borgese. Si veda, tra l'altro, nell'articolo *Il Pascoli minore* un'eccellente critica dell'armonía imitativa dei retori e dell'onomatopea dei linguisti. Nell'altro, sulla vessata questione *Metodo storico e metodo estetico*, il Borgese sostiene giustamente che non v'ha se non un sol metodo, quello storico, e non v'ha se non una sola critica, quella estetica" («La Critica», 1903, I, pp. 287-8).

6 I. Pupo (a cura di), *Né con te né senza di te. La Sicilia di Giuseppe Antonio Borgese*, in G.A. Borgese, *Una Sicilia senza aranci,* Roma, Avagliano, 2005, pp. 11-83, pp. 45-6. La lettera è stata pubblicata su *la Repubblica,* 22.2.1989.

to. Vi si era poi esiliato nella constatazione dell'inconciliabilità tra i valori fascisti e la propria fede umanista e liberale. Nel 1937 Borgese pubblicò in inglese *Goliath, the March of Fascism*, una storia del fascismo che ne individuava gli antefatti nella storia culturale e politica italiana dei secoli precedenti. In una conferenza del 1999 Elizabeth Mann Borgese, figlia di Thomas Mann e seconda moglie di Borgese, di 36 anni più giovane del marito, affermò: «divorai il libro di Borgese [il *Goliath*] da diciottenne e decisi che era un uomo di mio gusto»[7]. In quella conferenza Elizabeth Mann Borgese ricordò anche l'attività della rivista *Common Cause*, che dal 1948 al 1953 s'impegnò contro il pericolo nucleare, una delle campagna del Borgese pacifista e utopista che negli Stati Uniti si dedicò, inoltre, al progetto di una sorta di Repubblica Mondiale (si veda il suo *Foundations of the World Republic*, postumo, 1953).

Leonardo Sciascia, che aveva definito il *Goliath* un «libro di radicale importanza»[8], aveva notato come dopo la morte di Borgese per diversi decenni fosse caduto sullo scrittore un velo di indifferenza: «il silenzio su Borgese, insomma, è calato dopo: nel trionfante antifascismo che dal fascismo, dall'eterno fascismo italiano, sembrò ricevere certe consegne»[9]. Ma Borgese, temperamento polemico, attirava particolarmente le inimicizie. La foga con cui difendeva le sue idee poteva assumere apparenze egocentriche o essere equivocata per cattiva fede. Marino Moretti scorse in un fraintendimento avvenuto in occasione del funerale il simbolo di una vita di malintesi:

7 "Ich verschlang Borgeses Werk als Achtzehnjährige und entschied, dass er ein Mann nach meinem Geschmack sei" (Elisabeth Mann Borgese, *Meine Zeit*, «Neue Rundschau», 2000, 111 / 1, pp. 109-28, p. 111).

8 *G.A. Borgese: ciò che insegna la sua fede letteraria e politica*, in *Atti del convegno su G.A. Borgese*, a cura di I. Rampolla Dominici, Polizzi Generosa, 1984, pp. 21-7, p. 24.

9 *Ib*.

> Una tempesta di vento aveva infuriato tutta la notte in val di Mugnone. All'alba si vedevano ancora cipressi piegarsi a metà come per rovesciarsi malgrado la forza dei tronchi, e gli ulivi torcersi come dannati nelle popolari figurazioni del Dorè. La bufera dové continuare accanita finché il nostro povero grande amico non raggiunse anche questa volta con fatica il luogo dell'eterno riposo ch'era appunto l'erto cimiero di Fiesole, occasionale anch'esso, come tutti i luoghi in cui l'infelice scrittore aveva vissuto. Difficilissimo fu il tragitto del carro funebre nella straduccia che le due americanine m'avevan fatto percorrere la prima volta un mese prima, quando non m'era stato possibile tenerle saldamente per mano, Angelica e Nica. [...] Grave afflizione, quasi costernazione aveva gettato nel folto gruppo degli antichi compagni e dei vecchi discepoli la notizia che non s'era potuto rintracciare a Firenze, sia al Conservatorio sia nei negozi musicali, certa musica di Monteverdi ch'egli aveva lasciato scritto di voler eseguita davanti alla sua bara, così che quest'ultimo suo 'gesto' creava un'altra delle sue ardue complicate situazioni per cui egli stesso aveva sofferto per tutta la vita. Si rimediò, nel duomo di Fiesole, con una più nota musica di Beethoven[10].

Borgese, almeno fino ai cinquant'anni, fu in primo luogo critico letterario e scrittore. Anche in quel campo fu tra gli animatori e provocatori del periodo. Come critico, dopo aver pubblicato alcuni studi su Pascoli e D'Annunzio, svolse un ruolo importante di diffusione delle letterature straniere, soprattutto ottocentesche (i suoi volumi *Studi di letterature moderne*, 1915 e *Ottocento europeo*, 1927, sono ancora di lettura piacevole) e difese il racconto e il romanzo di vasto respiro narrativo ed etico contro il frammentismo e la soddisfazio-

---

10 M. Moretti, *Borgese*, in *Ritratti letterari*, a sua volta in *Tutti i ricordi*, Milano, Mondadori, 1962, pp. 1105-6.

ne compiaciuta della bella pagina. Da questo punto di vista il volume più rilevante fu *Tempo di edificare* (1923) ed è in quest'ottica che va identificata la funzione principale delle sue opere creative nella storia letteraria italiana.

Recentemente è stato pubblicato *Montezuma*,[11] un testo che era nato per diventare libretto d'opera e poi testo teatrale e che fu scritto durante il soggiorno statunitense in un inglese pesante, retorico, altisonante, a testimonianza che nemmeno allora Borgese aveva abbandonato ambizioni letterarie. Tra il 1931 e il 1935 Borgese aveva anche lavorato al poema *La Terra Promessa*, previsto in tre cantiche, di cui scrisse solo la redazione «quasi definitiva»[12] di settecentocinquanta versi di *Atlantide*, la prima delle tre cantiche progettate. I libri importanti del Borgese scrittore furono tutti pubblicati in un decennio, tra il 1921 e il 1931. Nel tempo tra i romanzi *Rubè* e *Tempesta nel nulla*, inizio e termine di questo decennio creativo, Borgese pubblicò il romanzo *I vivi e i morti* (1923), tre raccolte di novelle (*La città sconosciuta*, 1925, *Le belle*, 1927, *Il sole non è tramontato*[13], 1929), due drammi (*L'arciduca*, 1924 e *Lazzaro*, 1925), e un volume di *Poesie* (1922). Tra queste opere, *Rubè* fu di gran lunga quella che ebbe più successo. Il critico di fama Borgese era atteso al varco per la sua prima prova narrativa. Secondo i dati indicati da Pierre Laroche, il romanzo fu un *honorable succès de librairie*[14]

---

11 *Montezuma*, a cura di Sabina Colella, Bari, Stilo, 2007. Il testo tratta della conquista di Cortés, di cui è evidenziata la crudeltà e ha tra i temi principali il carattere effimero di ogni conquista.

12 Così S. Colella, in *Ibidem*, p. 22. *Atlantide* è stata pubblicata nel 1990 da Gentili negli Atti di «La Colombaria».

13 I due primi volumi sono stati ristampati da Sellerio nel 1986. Il terzo è stato ripubblicato pochi mesi fa dall'editore Nerosubianco di Cuneo.

14 P. Laroche, *Situation et signification de 'Rubè' dans la crise du premier après-guerre en Italie*, in AA.VV. *Idéologies et politique. Contribution à l'histoire récente des intellectuels italiens du Risorgimento au Fascisme*, Abbeville, Paillart, 1978, pp. 165-92, p. 171.

(ben più che di critica) e vendette quindicimila copie tra il 1921 e il 1930. A titolo di paragone, *Il piacere* di d'Annunzio ne vendette trentacinquemila tra il 1889 e il 1919 e *Il Fu Mattia Pascal* di Pirandello dodicimila tra il 1904 e il 1924.

Mentre *Rubè*, ambientato con vigore sullo sfondo della Prima guerra mondiale, è stato fin da subito recepito come la messa in atto di una poetica realista e romanzesca (in contrapposizione al lirismo), le opere ulteriori di Borgese sono state spesso interpretate come le tappe di una fuga progressiva dal reale, da *I vivi e i morti*, incentrato sulla ricerca spirituale di un intellettuale, Eliseo, ritiratosi ancora giovane dal mondo, alle novelle, nella maggior parte delle quali è irriconoscibile un contesto storico e geografico determinato, a *Tempesta nel nulla*, nel quale sarebbe constatabile, è stato detto, il «grado zero»[15] della pregnanza sociale della letteratura. Questa lettura, comprensibile perché si fonda su elementi testuali presenti in una parte del romanzo, è fondamentalmente errata: la continuità[16] tra le diverse opere di Borgese è maggiore di quanto ha sostenuto chi ha creduto di rilevare uno iato ampio tra *Rubè* e i romanzi, racconti, drammi e poesie successivi.

## II. *Tempesta nel nulla* e le altre opere di Borgese

> Ma io so quello che m'aspetta lassù, quando sarò sul valico: un altro giorno, chiuso in un tempo breve e solenne, un'aurora e un tramonto raccolti in pochi istanti. Il sole cala un po' più tardi sulla Val Badia, e di lassù lo rivedrò.

---

15 V. Licata, *L'invenzione critica. Giuseppe Antonio Borgese*, Palermo, Flaccovio, 1982, p. 174.

16 Questa continuità è stata verificata in G.P. Giudicetti, *La narrativa di Giuseppe Antonio Borgese. Una risposta alla crisi letteraria e di valori del primo '900*, Firenze, Cesati, 2005. Ma cfr., *in primis*, i due articoli di G. Langella: *Il modello della conversione: Papini e Borgese di fronte al Manzoni*, in «Vita e Pensiero», ottobre 1985, LXVIII, pp. 28-42 e *Borgese e Manzoni*, in «Aevum», settembre-dicembre 1986, LX, pp. 397-414.

E il pellegrinaggio dietro il sole sparito, che deve riapparire, mi diventa un segno d'immortalità; l'uomo che abbandonato dalla luce sale ancora verso la luce è quegli che deve morire, e spera che vivrà ancora.

(G.A. Borgese, *Idillio di San Vigilio*)

San Vigilio è laggiù, tutta pallida, umile, vigilante davvero sul limitare della sua navata di rupi, sopra a cui fra un'ora le costellazioni s'accenderanno come lampadari a vespro.

(G.A. Borgese, *Idillio di San Vigilio*)

Un particolare nelle prime pagine di *Tempesta nel nulla*, allorché l'io evoca *cinque stagioni* di vacanza trascorsi con la famiglia a San Vigilio, la località del Trentino-Alto Adige, rinvia alla novella *Idillio di San Vigilio*, raccolta nella silloge *Il sole non è tramontato*. In questa novella si alternavano, come esemplificano le due citazioni poste a epigrafe, momenti di ispirazione e sublimazione religiosa e altri di concretezza terrena, umile. In un altro brano della novella le cime di un monte della zona sono comparati a "capezzoli di giovenca". Similmente, i brani più lirici, spesso di esaltazione da parte dell'io, in *Tempesta nel nulla* sono temperati da fasi di aderenza al reale, di determinazione puntuale geografica, di descrizioni di stampo realistico, che dominano i primi e gli ultimi capitoli. Una fase primordiale per giungere a un'interpretazione del terzo romanzo di Borgese è di comprendere il rapporto tra questi momenti diversi, la loro collocazione reciproca, in altre parole la loro funzione nel contesto del romanzo intero. È inesatto, per esempio, denunciare una presunta concitazione stilistica liricheggiante nei capitoli centrali, come più volte è stato proposto nella scarna storia della critica su questo romanzo[17], quando è il testo stesso, marcando un ritorno al reale negli ultimi capitoli, a criticare la frenesia eccitata dell'io nei capitoli centrali. Allo stesso modo, fin dalla ricezione immediata di *Rubè*, si erano imputati a Borgese i difetti del protagonista, senza capire come egli venga criticato all'interno del testo. Per esempio Gargiulo, critico che vedeva di cattivo occhio Borgese, aveva scritto: «il Borgese avesse almeno obiettivato un tale tipo! Qui il colmo dei guai è che la patologia, dilagando per tutta l'opera, si converte in una documentazione a carico dello stesso autore»[18]. Nella prefazione di Borgese all'edizione statunitense di *Rubè*, edita anche su *Arte e Vita* nel febbraio del '23, c'era questa osservazione: «L'autore del libro ha, non diversamente dal comune lettore, le sue preferenze, e si capisce che, parlando dal punto di vista dell'utilità sociale, egli non considererebbe il suo protagonista come un cittadino proficuo allo Stato, o come un *pater familias* esemplare. Vi sono in queste pagine altre creature che, moralmente o praticamente, devono considerarsi di gran lunga superiori a quel triste eroe»[19]: si può pensare, per esempio, a padre Mariani, che in un dialogo verso la fine del romanzo, sa dire a Rubè verità profonde sul suo carattere e sulle ragioni dei suoi tormenti.

La chiave di *Tempesta nel nulla* è nelle opposizioni seguenti, legate tra loro:

---

17 *Tempesta nel nulla* è stato, per l'appunto, generalmente definito come "supremamente antinarrativo" (così M. Onofri, *Il sospetto della realtà. Saggi e paesaggi italiani novecenteschi*, Cava de' Tirreni, Avagliano, 2004, p. 46).

18 A. Gargiulo, *Conclusioni sul 'Rubè'*, in «L'Italia letteraria», 1931, n. 12, poi in *Letteratura italiana del Novecento*, Firenze, Le Monnier, 1940, pp. 185-91.

19 Citato in *Una Sicilia senza aranci*, cit., p. 373.

| Capitoli centrali (III-VII) | Capitoli periferici o cornice (I-II e VIII-IX) |
|---|---|
| – astrazioni filosofico-religiose | – narrazione di tipo realista |
| – ambiente astratto, etereo | – descrizioni geografiche precise |
| – solipsismo dei due personaggi principali, mondo individuale dell'immaginazione | – comunicazione tra i due personaggi principali, mondo condiviso |
| – Dio dell'Antico Testamento, punitivo, severo | – Dio cristiano, compassionevole, amoroso |
| – lirismo, antiromanzo | – narrazione, romanzo |

«La sua vicinanza mi difendeva come un sostegno, quasi come una ringhiera, dalle esuberanze sconfinate, dalle vertigini di cui corre rischio un camminatore solitario in un paesaggio esaltante», afferma l'io nel secondo capitolo, riferendosi alla figlia. L'allontanamento dalla giovane, l'isolamento in due fantasie disgiunte, costituirà in effetti la premessa dei deliri di presunzione, l'illusione di avere scoperto una Verità metafisica, sentimenti che determinano i capitoli centrali.

In questi capitoli infatti l'io, di cui alcuni tratti sono autobiografici (si sa che Giovanna, la figlia di Borgese e della sua prima moglie, che seguì il padre negli Stati Uniti, era «chiamata affettuosamente la Nanni»[20], come il personaggio della figlia nel romanzo) rammenta che durante un'altra escursione avvenuta l'anno precedente aveva presunto di accedere a una conoscenza sovrumana, incorrendo in un peccato di superbia, quello di Adamo nel giardino dell'Eden, attribuito anche, nel testo, all'*Übermensch* nietzschiano:

> come il pazzo Nietzsche, che errò su questi valichi, io pure, suo gramo simulacro, ombra del suo calcagno, m'ero affisso nel sole del Primo Peccato; m'ero sporto sul baratro folgorante della perdizione (*capitolo V*)

20 *Ib.*, p. 359.

L'io era stato tentato dall'assunzione egocentrica al Sapere e immediatamente aveva rifiutato una prospettiva solipsista, dichiarando di propendere, contro una nostalgia introspettiva, per l'amore, «moto verso cose sperabili e future» (*capitolo III*) ma i capitoli centrali, sia nel momento della tentazione che in quello del rifiuto, sono condizionati da un tono sopra le righe, la cui enfasi contraddice l'umiltà della rassegnazione espressa dal punto di vista del contenuto. L'abbaglio è quello «di capire l'identità di tempo e eternità, di riconoscere in essa me salvato. Come nessun'altra volta mai, provai il sentimento indicibile di aver lasciato dietro a me la morte» *(capitolo III)*. Che si tratti di un'allucinazione è sottolineato dalla breve durata della scoperta, i cui esiti si sfaldano, disgregano. Gli appunti presi allora su un taccuino, nei quali immaginava di aver fissato la rivelazione, a una lettura a mente fredda sono diventati illeggibili.

La mancanza di comunicazione, che nell'ottica di Borgese, è anche quella del lirismo calligrafico in opposizione al rapporto con il lettore che si costruisce attraverso una letteratura più narrativa e prosastica, è identificabile anche in dettagli dei capitoli III-VII. Ad esempio nel terzo capitolo è sottolineata l'asimmetria tra animali, in questo caso pecore, e il passeggiatore umano: «mi urtavano coi fianchi; mi guardavano dal basso con occhi umidi di riconoscimento non corrisposto, come se io fossi il loro pastore smemorato». Inversamente, nell'ottavo capitolo, si riscontrano la simpatia verso alcuni maiali rosa incontrati sulla strada del ritorno e la presenza di usignoli quasi abitati da un sentimento religioso:

> Forse, se ci si dovesse reincarnare, è la forma che si vorrebbe preferire; specialmente degli usignoli. Così ragionavamo ricordando novelle orientali. Fra tutte le creature del mondo gli uccelletti canori sono quelli che hanno più voce in più piccolo corpo; perciò somigliano ad anime.

Eliseo, il protagonista di *I vivi e i morti*, aveva vagheggiato di trovare sé stesso attraverso supposte rivelazioni mistiche predisposte dalla partecipazione a sedute spiritiche, ma poi nel finale del romanzo aveva rinunciato umilmente a una ricerca focalizzata su di sé e da aspirante creatore si era trasformato in trascrittore sereno della *Commedia* dantesca:

> Sì, pensava, la coscienza s'esaurisce e si stanca, e nulla opprime quanto la parola io, infinitamente echeggiante come un gemito, come un suon di vento, nei sotterranei della personalità. S'invoca il sonno la sera[21].

Ora l'io borgesiano di *Tempesta nel nulla* nel quinto capitolo immagina di poter interpretare i sogni, di decifrarne le ragioni nascoste, individuabili in un messaggio profetico:

> Se mai vi furono sogni profetici erano questi: uniti l'uno all'altro da giunture perfette, chiari, espliciti, una volta balenatone il senso, come un enigma di cui si fosse trovata la chiave. Non era possibile che significassero altro, e non era possibile che non significassero nulla. Io negavo il caso e l'arbitrio nel mondo; tutto in esso aveva un senso e una ragione d'essere.

Senonché la profezia individuata nei sogni, cioè una tragedia che colpirebbe la figlia, non si realizza e l'io diventa cosciente di essersi sbagliato. In *Il sole non è tramontato* c'era una novella dal titolo *I sogni*, che già opponeva l'interpretazione arbitraria, erronea, di annunci onirici, all'adesione, nel finale, a un sentimento di umiltà cristiana: «Egli sente che dalle sue spalle è caduto l'orgoglio; le sente un po' curve, non stanche, ma pronte al cammino. Con passo obbediente può andare dove Dio lo conduce».

---

21 G.A. Borgese, *I vivi e i morti* [1923], Milano, Mondadori, 1927, p. 277.

Proprio di *Tempesta nel nulla* rispetto alle opere precedenti è che il diniego dell'esaltazione avviene in due tempi: un primo, in cui si mantiene un'eccitazione formale che contraddice quel diniego e un secondo, in cui arriva la comprensione che anche nella rivelazione cristiana può nascondersi un'enfasi morale egocentrica: «Ma la Menade orrenda torcendosi si crede invasa da un dio. L'orgasmo dell'assassino somiglia all'entusiasmo del martire» *(capitolo V)*. Infatti l'io si compara a un cavallo irruento, riprendendo il simbolo ricorrente in *Rubè* (fin dall'etimologia del nome del protagonista, Filippo[22]) quale segnale della frenesia, dell'inquietudine egocentrica che agita Rubè:

> Così mi vedo ripensandomi; come un cavallo ombroso che, traversata la zona del terrore, è tutto un nitrito anche se nessun suono gli esce dalle froge, dalla bocca dove i denti sono lunghi come quelli di un teschio: un cavallo nero, folle, a cui il cuore batte come se fosse doppio, a cui una brezza di pacificazione finalmente carezza il collo, sconvolto, benevola come la mano di un dio (*Tempesta nel nulla*, capitolo VI).

Quando l'io si rende conto di aver errato nell'immaginare un Dio punitivo come quello dell'Antico Testamento, che avrebbe voluto punirlo o metterlo alla prova con la morte della figlia, la sua reazione corrisponde ai valori corretti – secondo l'etica borgesiana – dal profilo del contenuto, ma formalmente il tono partecipa ancora dell'enfasi che lo aveva condotto alla presunzione irragionevole. Si nota la brevità dei paragrafi, che colloca questa pagina più nell'ambito del frammento lirico che della *narratività* difesa dalle pagine di poetica dello scrittore[23]:

22 Cfr. anche G.P. Biasin, *Il rosso o il nero*, in *Icone italiane*, Roma, Bulzoni, 1983, pp. 147-80, pp. 163-70.

23 Cfr. G.P. Giudicetti, *La narrativa di Giuseppe Antonio Borgese*, cit., pp. 35-43, 214-6.

Arboscello che cammini davvero accanto a me! vivente!
Tu, verde!
Mi è stato dunque permesso ch'io ti riconducessi a valle,
tu che sei il mio Isacco, il mio agnello.
Dio non era il mostro dalle fauci di rupe dove dovevi cadere.
La tua mano è nella mia.
L'odore fino, vegetale, che parte dalle tue tempie, dal tuo vestito lungo, tutto verde, a mazzetti di fiori,
quest'odore d'infanzia che il respiro dei boschi riconosce e fa suo, non è l'odore schiacciante della morte.
*(capitolo VI)*

Nel passaggio a una religiosità più umile – intesa, facendo anche affidamento alle dichiarazioni autobiografiche di quel periodo, come una religiosità in senso largo e non come un riconoscimento confessionale nel Cristanesimo[24] – all'accettazione della propria sorte, è essenziale il rifiuto del Dio cupo veterotestamentario: «un dio di gastigo, un dio di eterna vendetta, m'hanno insegnato a adorare, me ancora incolpevole: Moloch divoratore, Satana torturatore, e lo chiamavano Dio» *(capitolo VII)*. Per comprendere meglio la complessità della posizione religiosa di Borgese, si può ricordare che il dramma *Lazzaro*, qualche anno prima, si era fondato su una doppia opposizione: la prima era quella tra religione ebraica, che nella prospettiva di quel dramma si costruiva in primo luogo intorno a istanze pragmatiche, morali e storiche, e considerava invalicabile il confine tra vivi e morti, da una parte, e nuova religione cristiana dall'altra, che, attraverso gli esempi della risurrezione prima di Lazzaro e poi di Gesù, relativizza la vita terrena e indebolisce i confini tra realtà mondana e aldilà.

24 Cfr. la lettera di Borgese a Domenico Rapisardi del 7 novembre 1934, in G.A. Borgese, *Una Sicilia senza aranci*, cit., p. 372: "Io credo in una società in cui la religione, fuori da sette e dogmi, sia la sintesi delle religioni superiori, prevalentemente cristiane".

Il secondo conflitto ideologico era quello tra una religione cristiana connotata dalla sofferenza, dal tormento di un dio crocifisso, e il paganesimo, più gioioso e spensierato – ma anche più superficiale – rappresentato dal personaggio di nome Carmide, che esclamava:

> Crocifisso... un dio! (con certezza quieta) Le menti degli Ebrei sono piene di cose assurde. Un dio non muore... così. Un semidio può morire. Il bellissimo Adone, nell'isola di Cipro, morì svenato nella caccia, sebbene la dea Venere lo amasse. [...] Ma Venere mutò le gocce del suo sangue in anemoni rossi, che il sole incendia e il vento più leggero li sfoglia. [...] Alla dea i ciprioti offrono colombe [...] col petto bianco come il suo[25].

Quelli passati brevemente in rassegna in questa postfazione sono solo alcuni spunti, alcune osservazioni sparse, che indicano come l'opera letteraria di Borgese vada letta nella sua integrità. Fermarsi a *Rubè* aumenta il rischio di un'incomprensione anche di quel romanzo, che non è tanto la testimonianza storica o sociologica di un periodo tragico della storia italiana, quanto la rappresentazione letteraria di una crisi morale e delle risposte da dare a quella crisi. La ripubblicazione, dopo più di cinquant'anni, di *Tempesta nel nulla* e, recentemente, di altre opere dello scrittore (tra cui *I vivi e i morti*, *Atlante americano*, *Il sole non è tramontato, Autunno di Costantinopoli e Montezuma*), potrà contribuire a una ridefinizione del significato profondo del percorso intellettuale e artistico di Borgese.

*Gian Paolo Giudicetti*

---

25 G.A. Borgese, *Lazzaro* [1925], Milano, Mondadori, 1926, pp. 232-3. Questi conflitti di valori sono approfonditi in G.P. Giudicetti, *Il teatro di Giuseppe Antonio Borgese: il parallelismo tra individuo e storia*, in «Otto/Novecento», settembre-dicembre 2001, anno XV, n. 3, pp. 47-65.

# Il viaggio della liberazione tra paesaggi della natura e dell'anima

## I.

*Tempesta nel nulla,* come ebbe a definirlo lo stesso Borgese, più che romanzo vero e proprio, è un racconto lungo con il quale egli, facendo i conti con se stesso, espone in prima persona l'esperienza fisica e allo stesso tempo contemplativa compiuta camminando per i monti dell'Engadina, attraverso tre principali motivi ispiratori che si intersecano e si sovrappongono l'uno all'altro: il paesaggio, sfondo naturale ed elemento simbolico che fa da sostrato alla trama narrativa vera e propria del racconto; il rapporto con la figlia, che rappresenta il binario privilegiato della riflessione borgesiana e, infine, la ricerca dell'Eterno, da lui tanto esplorato nella sua opera narrativa precedente che qui, infine, giunge a conclusione.

In questo senso, la scrittura di *Tempesta nel nulla* segna uno spartiacque essenziale fra la prima e la seconda parte della sua vita, fra il Borgese italiano e quello americano, come egli stesso scrive nei suoi *Diari*[1]. Forse, proprio per questo, la sua

1 «Posso dividere la mia vita passata in due periodi: il periodo siciliano, finito virtualmente nel 1900 e irreparabilmente nel 1905, e il periodo italiano finito tra il '31 e il '33. Questo è il terzo periodo», 30 ottobre 1933, G.A. Borgese, *Diario III (8 luglio 1934 - 21 ottobre 1934)*, a cura di F. Bazzani, Firenze, 1994, e, ancora: «Sempre più ho l'impressione che l'8 agosto è cominciata "Della mia vita Parte Seconda", e che entro nel mondo "britannistico"» 22 agosto 1934, G.A. Borgese, *Diario IV (1 maggio 1933 - 8 luglio 1934)*, G.A. Borgese, *I cinque diari dell'esilio (1929-1935) [Diario I, (29 dicembre 1928 - 12 luglio 1932); Diario II (4 luglio 1932 - 30 aprile 1933); Diario III (1 maggio 1933 - 8 luglio 1934); Diario IV (8 luglio 1934 - 21 ottobre 1934); Diario V (21 ottobre 1934 - 22 agosto 1935)]*, a cura di Mariagrazia Macconi. Tale opera, pronta per la pubblicazione a cura della

pubblicazione non a caso avviene alla vigilia di una scelta decisiva e carica di conseguenze nella sua vita: la partenza per l'America dove rimarrà da esule, e poi da cittadino, per ben diciotto anni.
Con *Tempesta nel nulla* Borgese, infatti, conclude diversi cicli: innanzitutto quello di romanziere, essendo questo l'ultimo racconto che scrive[2] e, secondariamente, chiude anche quella fase di sofferenza interiore e di isolamento pubblico cui è costretto da quasi un decennio, dall'indomani della Conferenza di Pace di Versailles, quando le sue idee politiche sul ruolo dell'Italia vennero sconfitte.

## II.

Gli anni dal 1918 al 1920, che vanno cioè dalla fine della Prima guerra mondiale alla Conferenza di pace di Versailles, sono anni cruciali nella storia d'Italia (in cui esplode il cosiddetto *biennio rosso* e si affaccia il *Movimento dei fasci*), durante i quali la classe intellettuale e politica italiana muta la vittoria in sconfitta, introducendo il concetto di «vittoria mutilata» contro chi, invece, sosteneva la ricerca d'una soluzione equa con la Jugoslavia. Fra questi Borgese, che dalle colonne del *Corriere della sera* sosteneva che non sarebbe

---

Fondazione "G. A. Borgese", è il frutto della collaborazione tra la Fondazione "G.A. Borgese" e la Biblioteca Umanistica dell'Università degli Studi di Firenze proprietaria del «Fondo Borgese», a seguito della sottoscrizione del protocollo d'intesa avvenuto il 20 luglio 2007. In precedenza, come pubblicazione fuori commercio, erano stati curati dall'Accademia Toscana di Scienze e Lettere «La Colombaria».

2 In America, oltre al libro di viaggio *Atlante Americano* (Modena, Guanda 1936), Borgese si impegna solo in scritti e saggi politici: *The Intellectual Origins of Fascism*, (1934); *Goliath: the march of fascism*, (1937); *The city of man* (1940); *Common Cause* (1943); *Preliminary draft of a World Constitution* (1948); *Idea della Russia* (1951); *Foundations of the World Republic* (1953).

stato affatto saggio insistere in richieste territoriali che avrebbero potuto rendere irreparabilmente ostile all'Italia il sentimento jugoslavo, ma che sarebbe stato utile invece coltivare relazioni di buon vicinato; tesi, queste, bollate dagli ambienti nazionalisti e reducistici del primo dopoguerra come «rinunciatarie» e «malate di idealismo»:

> L'idea, che sempre mi animò, fu quella di un sistema quasi federale che, eliminati gli attriti fra l'Italia e la Jugoslavia, unisse a noi gli stati del sud-est e del nord-est europei: blocco politico ed economico che, capeggiato dall'Italia, doveva, secondo il mio pensiero, d'accordo con l'America, equilibrare le potenze occidentali e la Germania risorgente, e condurre la Società delle Nazioni ai suoi veri fini. Si giudichi come si voglia questo programma; ma non è disfattismo, non è rinunzia[3].

Sconfitte le sue idee politiche con la conclusione diplomatica della «questione adriatica» e con l'esonero dall'incarico di commentatore fisso di politica estera del *Corriere della sera* anche per le sue idee contrastanti con l'ascesa del fascismo, Borgese inizia il suo graduale ritiro dalla politica, abbandonando le posizioni di primo piano che aveva occupato durante gli anni della guerra e si dedica all'insegnamento e all'aspirazione di una vita: quella dello scrittore.

Nell'*Avvertenza* a *Tempo di edificare*[4], saggio che segna l'abbandono della critica militante, tale vocazione è espressa chiaramente:

> [...] è venuto per me, già da tempo, il tempo di edificare, di essere pienamente quale è mio dovere d'essere, scri-

---

3 G.A. Borgese, *Lettera a Mussolini del 18 agosto 1933*, in «Il Ponte», 3, marzo 1950, Firenze, La Nuova Italia, pp. 248-263.

4 Id., *Tempo di edificare*, Milano, Fratelli Treves Editori, 1923.

> vendo libri d'arte e di storia che ho promessi a me stesso, e lasciando ai critici nuovi il compito di giudicare alla loro volta[5].

Il *tempo di edificare* che Borgese vuol concedersi è anche quello di cimentarsi nella narrazione in prosa, di reinterpretare la tradizione del romanzo dell'Ottocento, secondo i parametri storici e sociali della realtà contemporanea e superare il frammentismo lirico della «cultura delle riviste»[6]. Ma soprattutto *edificare* significa rispondere al bisogno nato nel primo dopoguerra come reazione al conflitto e comunemente sentito da letterati e pubblico di lettori. Nel riconoscere una relazione speculare tra costruzione formale e costruzione spirituale, Borgese attribuisce al romanzo la duplice funzione d'opera d'arte in sé e di veicolo privilegiato per la trasmissione di un messaggio morale.

Ma, nonostante questo suo ritirarsi dal dibattito politico e svolgere la sua tranquilla vita universitaria e giornalistica, la sua precedente attività di saggista politico non è dimenticata da parte di chi, nel frattempo, aveva conquistato il potere.

## III.

È nel quadro della completa fascistizzazione dello Stato, della cultura, dell'intera società ad opera di un regime che rivendicava la necessità di creare una cultura nuova, fascista, con una sua originalità a sostegno del nuovo ordinamento che

5 *Ib.*, VI.

6 La definizione è di Giacomo Debenedetti, in G. Debenedetti, *Il romanzo del Novecento*, Milano, Garzanti, 1987, p. 125. La «cultura delle riviste» ha inizio grosso modo con la fondazione del «Leonardo» (1903-1905) e culmina nella «Voce» (1910-1914), citato da C.P. Caselli, *Il testamento intellettuale di G.A. Borgese in una lettera inedita a Francesco Chiesa*, «Bollettino Storico della Svizzera Italiana», Serie nona - Volume CIX, Fascicolo I - 2006.

aveva sostituito quello liberale, e pur in presenza di questo sostanziale silenzio di Borgese e di un suo basso o nullo profilo pubblico, che giunge inaspettato, a un tranquillo docente universitario che pur non avendo aderito al fascismo, tuttavia non aveva manifestato apertamente contro di esso né a favore dell'opposizione, il memoriale del 4 novembre 1928 dal titolo *Residui dolorosi della scuola italiana – Diserzioni e colpe da non dimenticare* a firma del sen. Fantoli, allora rettore del Politecnico di Milano, che scrive a Mussolini per l'allontanamento di Borgese dall'Università e dalle stesse colonne del *Corriere della sera*.

L'accusa: la posizione sostenuta da Borgese sulla «Questione Adriatica» a distanza di quasi dieci anni dai fatti. Un pretesto. Certamente. Per eliminare un personaggio autorevole e scomodo.

Al momento di scrivere *Tempesta nel nulla*, Borgese, infatti, oltre ad essere una firma prestigiosa del *Corriere della sera,* è anche professore di estetica a Milano[7]. Le sue lezioni «prendevano un aspetto mondano perché riunivano, oltre agli studenti, tutta una parte della borghesia milanese che teneva a mostrarsi colta»[8]. In pieno regime fascista Borgese, che fascista non è ma che pure è al centro della vita culturale milanese, è un'autorevole «figura solitaria di intellettuale liberaldemocratico»[9].

In una lettera a Vitaliano Brancati dell'8 luglio 1933, alla vigilia della *Prima Lettera a Mussolini*, così scrive:

---

7 Questa cattedra, nel 1924, è la prima di tale disciplina istituita nelle Università italiane.

8 Scrive G. Piovene: «La lezione di Estetica, una cattedra istituita per lui, si teneva alle undici. La celebrità di Borgese e l'ora comoda richiamavano «tout Milan», in «Il Giornale», 9 novembre 1974, poi confluita nell'*Appendice* del romanzo *Rubé*, Milano, Mondadori, , 1999, p. 397.

9 Cfr R. De Felice, G.A. *Borgese irregolare della cultura*, «Il Giornale Nuovo», 24 agosto 1977.

[...] Le accuse che mi si fanno, e che mi hanno costretto all'esilio, sono di doppio ordine. Una è positiva, l'altra è negativa. L'accusa positiva si riferisce alla mia politica cosiddetta rinunciataria degli anni '17 e seguenti. Supponendo che ciò ch'io feci allora fosse delitto, e che questo delitto sia prescritto, io devo poter vivere nella mia patria senza condanne. Se invece è soggetto a sanzione, mi si deve imputare e giudicare. Davanti a qualsiasi tribunale, se non mi si toglie la parola, io dimostrerò che la mia politica cosiddetta rinunciataria è il solo pensiero seriamente imperialista che si sia avuto in Italia da molti anni. Qualunque imperialismo territoriale al tempo nostro è *flatus vocis* o catastrofe. L'accusa negativa è che io non abbia fatto e non faccia dichiarazioni fasciste [...] Qualunque cosa valga la mia vita, essa è stata una testimonianza di dignità e di ragione. Non mi fingerò fascista a cinquant'anni sonati [...] Potrebbe darsi ch'io dovessi trovarmi davanti all'alternativa di rovinare la mia vita o di corrompere l'anima. In questo caso lei che mi vuole bene dovrebbe consigliare di scegliere l'anima[10].

Per tali accuse Borgese sarà avversato dal fascismo e subirà delle aggressioni[11]: la prima, il 6 febbraio 1930[12], quando le

10 Lettera a Vitaliano Brancati dell'8 luglio 1933, in *Giuseppe Antonio Borgese. Una Sicilia senza aranci*, a cura di I. Pupo, Avagliano, Roma 2004, p. 295.

11 In *Libro e Moschetto*, VI, 1932, nn. 22-23, appare l'articolo di Flaminio Costa: *Certi critici... requiescant*, nel quale Borgese è aspramente vituperato per aver ristampato nel 1932, presso Bompiani, il *D'Annunzio*, definito un libro «contro il Comandante». Dopo aver contestato molti dei giudizi espressi sullo scrittore abruzzese, l'articolista così si esprime a proposito del volume elogiato dal Momigliano sul «Corriere della sera»: «e assistiamo allora allo spettacolo del malevolo (Borgese) lodato dall'incontinente (Croce) e recensito dal Momigliano: tre penne e non d'aquila affaticate in conatucci di stroncature» (ivi, 3). Citazione tratta da *G.A. Borgese. Lettere a Giovanni Gentile*, a cura di G. Stentella Petrarchini, Roma, Archivio Guido Izzi, 1998, p. 135.

12 G.A. Borgese, *Lettera a Mussolini* del 18 agosto 1933, 248-263, anche in *Lettera di G.A. Borgese a Lando Ferretti*, capo ufficio stampa del Capo del Governo, in A.C.S., S.D., cart. Ris. H/R-69 citato da F. Mezzetti, *Borgese e il fascismo*, Palermo,

sue lezioni all'Università di Milano saranno disturbate interrotte e impedite dai GUF (Gruppi Universitari Fascisti); la seconda, indiretta, il 18 maggio 1931[13], quando alcuni suoi studenti subiscono feroci aggressioni dagli squadristi. Per la circostanza che per la prima volta in un'aula universitaria si attentava alla libertà d'insegnamento, gli episodi suscitarono negli ambienti culturali un'eco dolorosa.

In precedenza, tre mesi prima della marcia su Roma, le squadre fasciste, è lo stesso Borgese che lo ricorda[14], agitando i loro manganelli e vincendo facilmente la debole resistenza della polizia, espellono lo scrittore da Venezia, perché malvisto da tutti coloro che avevano una mentalità nazionalista.

In una lettera a Giovanni Gentile, a cui è legato da un antico sodalizio di amicizia e stima, nonostante la distanza delle

---

Sellerio, 1978, 45-47, anche in *Lettera di G.A. Borgese a Giovanni Gentile* del 7 marzo 1930, in *G.A. Borgese. Lettere a Giovanni Gentile*, cit., pp. 118-123; infine in S. Gerbi, *Tempi di malafede. Una storia italiana tra fascismo e dopoguerra. Guido Piovene ed Eugenio Colorni*, Torino, Einaudi, 1999, pp. 29-57.

13 Treves, uno degli studenti aggrediti insieme a Guido Morpurgo Tagliabue, così scrive: «Il docente era amico nostro e di quel gruppo di giovani che intendevano la letteratura e la critica come un campo speciale dell'attività politica in Italia [...] squadre di fascisti passeggiavano nel cortile dell'università, in attesa, evidentemente, dell'incidente per sfogare la loro rabbia. Borgese non era ufficialmente catalogato per antifascista, ma si sapeva tuttavia anche allora che nell'intimo il professore di estetica era ben lontano dall'essere un simpatizzante. Il cerchio dei suoi studenti ed amici era più o meno composto da giovani non iscritti al Partito, alcuni, anzi, antifascisti notori. Terminata la lezione, i due si erano incamminati verso il centro. Ma ad un certo punto, affrontati da una ventina di studenti fascisti, erano stati costretti a seguirli alla sede della Federazione [...] e qui percossi a sangue; poi, quando furono rilasciati si avviavano fuori piazza, riafferrati e percossi di nuovo. I due giovani furono anche ammoniti a non frequentar più le lezioni di Borgese, essendo egli ritenuto responsabile della perdita della Dalmazia alle trattative di pace seguite alla guerra vittoriosa». P. Treves, *Quello che ci ha fatto Mussolini*, Mandria-Bari-Roma, Laicata, 1996, pp. 273-277 citato da S. Gerbi, *op. cit.*, p. 66. L'episodio è esposto dallo stesso Borgese a Mussolini nella prima lettera del 18 agosto 1933.

14 G.A. Borgese, *Goliath: the march of fascism*, New York, The Viking Press, 1937, traduzione italiana *Golia, marcia del fascismo*, Milano, Mondadori, 1946, p. 270.

reciproche posizioni politiche, con la quale rievoca i motivi del suo esilio e del perché non ha pronunciato il giuramento fascista richiesto ai professori universitari, scrive:

> [...] Se potessi rivivere il passato, probabilmente non lascerei l'Italia oggi '34, ma al principio della persecuzione, agosto '22, quando fui espulso a mano armata da Venezia dove senza mia colpa ero stato invitato a tenere una conferenza. Risparmierei così un decennio di vita, che solitamente è considerato il migliore. Eppure obiettivamente avrei torto. Perché a me è toccato di dare la prova sperimentale che non c'è mansuetudine che allo stato totalitario basti. Prima o poi diventa necessario far gettito della coscienza, o perire, o partire[15].

Questi fatti, insieme alla personale vicenda vissuta in quel periodo particolarmente segnato, accelerano la decisione di partire che Borgese, oramai, rimuginava da tempo (sicuramente, almeno dal 1929) e la cui riflessione custodiva gelosamente fra le pagine del suo diario[16], poi confluita in *Goliath: the march of fascism*:

> [...] Lo scrittore aveva tanta esperienza e conoscenza da essere più preparato di altri a difendere la tradizione letteraria e politica del Risorgimento in opposizione all'incalzante pervertimento. Ma egli era isolato e impotente, prigioniero delle circostanze. Era anche prigioniero di

15 Id., *Lettera a Giovanni Gentile del 2 novembre 1934*, in *G.A. Borgese. Lettere a Giovanni Gentile*, p. 138.

16 Vedi appunto diaristico del 28 settembre 1934: «nel peggior tempo della mia vita, che fu il '29, pensai a quell'epica frammentaria della vita conosciuta per tangenti [...] Da ciò anche l'idea della partenza (Hotel Regina, Roma, '29)». In un altro appunto, così scrive il 5 novembre 1932: «Nella notte tra il venerdì e il sabato io compio i 50 anni. Parecchi anni fa, nella stanza da bagno, dissi a mia moglie: a 50 anni io parto», G.A. Borgese, *Diario IV (8 luglio 1934 - 21 ottobre 1934)* e *Diario II (dal 4 luglio 1932 - al 30 aprile 1933)*.

se stesso: cioè del vano tentativo di conciliare la sua ubbidienza a ciò che Carlyle avrebbe potuto chiamare il dovere più immediato con il suo dovere ultimo per l'avvenire d'Italia e di tutta l'umanità; e di conciliare il fatto che abitava nel suo paese con i suoi doveri verso la sua patria spirituale, cioè un mondo di pensieri e di azioni migliori. Egli tentò di farlo, rifugiandosi in un silenzio irremovibile e cocciuto; nessun allettamento o minaccia ebbero ragione di lui, neanche quando la sua aula fu invasa e gli studenti che avevano respinto gli aggressori furono sottoposti al tormento di un processo segreto, durato parecchi mesi. Ma questo genere di resistenza si dimostrò inefficace, e solo metteva in pericolo i suoi amici e faceva sprecare molti dei limitati anni che la natura concede all'uomo, in una lotta tragica e inutile: finché la crescente pressione fatta tanto con tentativi di corruzione quanto con vere e proprie minacce, insieme con la coscienza intima che la verità e la bontà non possono essere difese soltanto col silenzio, lo spinsero, riluttante, alla rinunzia e all'esilio volontario [...][17].

## IV.

Arriva così il 12 luglio del 1931, giorno in cui s'imbarca per l'America, sperando che, nel frattempo, la lontananza e il tempo avrebbero potuto chiarire la situazione in Italia[18].

17 Id., *Golia, marcia del fascismo*, cit., pp. 315-316.

18 «[...] dopo sei o nove anni (secondo la cronologia che si voglia adottare) di lenta tortura, nel luglio '31 migrai, invitato, per opera di Lauro De Bosis, dall'Università di California. Ma anche allora speravo che lo spazio e il tempo giovassero e che migliorate le circostanze io potessi fra non molto tornare in Italia», G.A. Borgese, *Introduzione* che accompagnò la pubblicazione delle lettere a Mussolini in *Giustizia e Libertà* (1935) e in *Europe* (1936), poi in «Il Ponte», 3, marzo 1950.

Tanta e tale è l'importanza dell'evento, che il *Corriere della sera* ne dà notizia: «La Facoltà di Filosofia e Lettera della R. Università di Milano, nell'ultima sua seduta, su proposta del Preside, ha espresso unanime plauso e augurio a G. A. Borgese che si reca in America, invitato dall'Università della California ad occupare per il prossimo corso la cattedra di *Italian Culture*. In questo corso egli svolgerà una Storia generale della critica letteraria, con particolare riguardo all'Italia e ai secoli XVIII e XIX. Altre più brevi Storie di letture sul romanticismo, su Goethe, sulla letteratura italiana, sull'idea moderna di poesia, terrà in altre Università e sedi di cultura [...]»[19].

Scrivendo per il *Corriere della sera* l'ultimo articolo, *Imbarco per l'America*, Borgese così conclude:

> «[...] molte altre cose ho vissuto, benché le chiome giovenilmente (o quasi) ancora mi ondeggino sulla fronte». Così dice la prigioniera troiana nell'Elena di Goethe. Essa ha visto la guerra e la rovina della sua patria; ora vede la fatal regina entrare di nuovo nella reggia di Menelao. Noi pure, non ancora canuti, abbiamo vissuto molte cose in molti anni. Fra l'altre, abbiamo visto al posto, che fu enorme, dove per decenni fu assisa la Germania, assidersi, dilatando ancora, un'altra nazione, che allora chiamavamo la lontana America. Essa è, di fatto, qui da noi. Essa occupa così gran parte della scena. Questa mutazione abbiamo visto nella gran rappresentazione del mondo. Perciò m'è venuto voglia di visitarla là, dov'è di casa. Ho curiosità, speranza, di udire le parole ch'essa può dire all'anima. Io pure finalmente fo strada ch'è oramai di tutti: quel po' d'acqua e di spazio che non trattiene più né il volo d'Icaro né le voci degli uomini parlanti da riva di continente a continente. I delfini che seguono la nave possono fermarsi, se credono, alle colonne d'Ercole[20].

19 Id., *In America*, «Corriere della sera», 12 luglio 1931.

20 Id., *Imbarco per l'America*, «Corriere della sera», 15 luglio 1931.

Prima, però, il 27 giugno 1931, dunque alla vigilia della partenza, coincidenza non casuale, è pubblicato *Tempesta nel nulla* e l'11 luglio il *Corriere della sera* pubblica la bellissima recensione di Attilio Momigliano che definisce il testo, che sfugge a qualsiasi schematizzazione, «né romanzo né novella; né confessione: quantunque il suo spirito sia quello di un'alta e lontana confessione. Ma perché è fatta da una così lunga distanza, perché ne lascia vedere la biografia, e dei sentimenti coglie solo le risonanze musicali e trascendenti e i riflessi d'ombra e di luce che gettano sul paesaggio [...] tuttavia questo è il libro della vita di Borgese», insomma «il ricordo che rimane di *Tempesta nel nulla* è simile a quello che un alpinista può serbare di una giornata di ascensioni difficili: ha rischiato la morte e ha superato la vita di tutti i giorni, s'è visto in fondo ai precipizi e ha riposato nel silenzio della calma, ha trepidato ed è stato felice»[21].

Scritto dunque a cavallo di due mondi, nel testo c'è un passo alquanto significativo:

> Mi chinai per bere, e anche quella naturale sete prese un significato; ed essendomi in quel mio allungarmi sui sassi caduto l'orologio che portavo dall'adolescenza, di cui si ruppe il vetro e si fermarono i raggi, anche il piccolo evento divenne un segno; considerai finito un tempo della mia vita, inaugurato un altro; decisi di serbare a memoria l'orologio, con le ore ferme su quell'istante[22].

*Tempesta nel nulla* è un'opera di capitale importanza nella vita e nella produzione di Borgese, in quanto prelude e anticipa la sua seconda vita[23], allorquando con ferma lucidità

21 A. Momigliano, *Tempesta nel nulla*, «Corriere della sera», 11 luglio 1931.

22 G.A. Borgese, *Tempesta nel nulla*, Milano, Mondadori, 1931, p. 49

23 Così Borgese scrive nel suo *Diario* il 7 Agosto 1934: «[...] il fatto più notevole di oggi è che finalmente ho mandato all'ufficio di naturalizzazione a Boston le mie

opporrà il suo rifiuto di pronunciare il giuramento imposto ai professori dal regime fascista e in quell'*Atlantide* in cui giunge, scriverà nuovi testi che gli varranno addirittura la proposta di nomina al premio Nobel per la pace[24].

## V.

Verso la fine degli anni Venti, quasi in coincidenza con il periodo di maggiore crisi interiore e di aggressione cui è sottoposto, Borgese, come altri famosi personaggi prima di lui, frequenta l'Engadina, la valle dell'Inn, tra Sils-Maria e Silvaplana, bellissima da ammirare, dove tutto sembra sospeso nel tempo «stabile, immutato da una generazione, come se tutto fosse rimasto «fine Ottocento»[25]. Vi «passa più di un mese in solitudine torturante, esaltante [...]»[26].

Sulle tracce di alcuni di essi, Segantini e Nietzsche in particolare, in «una piccola odissea paesistico-poetica»[27], scrive alcuni articoli pubblicati dal *Corriere della sera* il 4 e il 17 settembre 1929, poi confluiti in *Giro Lungo per la primavera.*

Con il primo articolo Borgese definisce «l'altro Cercatore di luce» Giovanni Segantini, pittore dei paesaggi magici dell'Engadina che qui arriva dal Trentino nel 1886 e che qui, sullo Schafberg (2731 metri), muore tredici anni dopo mentre dipingeva:

---

prime carte per la cittadinanza». Dal giorno successivo, Borgese, nel Diario, inizia a segnare i giorni della nuova vita, con il numero 1. *Diario III (8 luglio 1934 - 21 ottobre 1934).*

24 Proposta dell'Università di Chicago per il premio da conferire nel 1952

25 G.A. Borgese, *Maloja di Segantini*, «Corriere della sera», 4 settembre 1929, poi in *Giro lungo per la primavera*, Milano, Bompiani, 1930, p. 9.

26 Id., *Tempesta nel nulla*, cit., p. 37.

27 Id., *Giro lungo per la primavera*, cit., p. 9.

> Il cielo sul Majola è grande. A sera la via Lattea, da Perseo e Andromeda alle stelle che scintillano fioche verso oriente, è un arco vasto come sulle pianure. Le montagne hanno tutto il loro spazio. Stanno in atteggiamento che paiono ispirati da chi scolpì, non stese e non diritte, le figure sulle tombe medicee. Surlej, Corvatsch, Margna, Di Rosso, Longhin, Materdell, Gravasalvas, Lagrev! L'aurora le convoca, la notte non le addormenta. In fondo è lo Schafberg [...] Non v'è paesaggio che più di questo inviti a salire, a trapassare, a cercare più luce. Nello spazio che i nostri occhi raccolgono questo sforzo, questo sogno, questa sconfitta: vita e morte di Segantini...La luce non è per i nostri occhi quale egli, sempre salendo, sempre salendo, avrebbe voluto rapirla al sole? [...][28].

Analogamente, con il secondo articolo, definisce «cercatore di luce» anche Friedrich Nietzsche, viandante per le strade tra il lago di Silvaplana, Sils-Maria e i monti dell'Engadina[29].

Ora, sulla strada che «[...] Nietzsche ha tante volte percorsa»[30], Borgese, in quel «paesaggio che invita a salire, a trapassare, a cercare più luce»[31] dove «immagina la scena del suo vagare»[32], si sforza di trovare quel «punto dove nacque il pensiero dell'eterno ritorno; [...] dove nacque Zarathustra», consapevole «che non v'è passo che non prema una sua invisibile orma»[33] e che «quest'aria senza peso, quest'etere vibrante di vedrette, di profumi secchi, di smaglianti fiori, dà agli altri ebbrezze che possono risolversi in fugaci mestizie;

28 Id., *Maloja di Segantini*, in *Giro lungo per la primavera*, cit., pp. 5-14.

29 Id., *Silvaplana di Nietzsche*, «Corriere della sera», 17 settembre 1929, poi in G.A. Borgese, *Giro lungo per la primavera*, cit., pp. 17-25.

30 Id., *Silvaplana di Nietzsche*, in *Giro lungo per la primavera*, cit., p. 18.

31 Id., *Maloja di Segantini*, in *Giro lungo per la primavera*, cit., p. 13.

32 Id., *Tempesta nel nulla*, cit., p. 46.

33 Id., *Silvaplana di Nietzsche*, cit. p. 19.

a lui predestinato accelerò forse la folgorazione del delirio. Veri fulmini a ciel sereno, fra Sils e Silvaplana, le ispirazioni del viandante Nietzsche: il più gran temporale, come fu detto, che sia mai scoppiato nell'orizzonte del pensiero»[34].

Questi articoli che precedono *Tempesta nel nulla* preludono alle riflessioni che in esso sono poi pienamente sviluppate su questi luoghi così carichi di energia, così pieni di luce e tanto ispiratori che «la grazia dell'ora toglie peso alle cose, e le muta in ricordi»[35]:

> Tutta questa vallata è un paesaggio memoriale, un eterno ritorno; è piena d'echi; ognuno sente oscuramente che anche quand'essa più lo sorprende non gli è nuova, che gli risorge come un ricordo; e perciò l'ama. Molte bellezze di terra, d'acqua, d'aria, che si vedono altrove, qui si ritrovano raccolte nel breve spazio d'un limpido miraggio; quasi un esempio, un simbolo; natura che idoleggia se stessa, e fa di sé icone, un'immagine sacra [...]. Senza apparenza di dissidio e di dolore, la natura regna nel suo puro cerchio, e si rimira in un'armonia ch'è già quasi specchio spirituale, compostezza di linee, di colore, di silenzi, di suoni... A che somiglia? Come una cosa di arte, come un tipo e modello, include in sé molte reminiscenze dei nostri sensi, del nostro cuore. Sì, il color calcare dei macigni lassù al Maloja, il salto verso il fiume e la val Bregaglia, il castello abbandonato, ricordano un paese, una casa, in vetta alla Sicilia. Il monte Due Pizzi nel fondo potrebb'essere il monte di Termini jonica, chiamata dal fiume Imera; in quell'angolo dovrebbe apparire il mare[36].

34 *Ib.*, p. 24.

35 *Ib.*, p. 18.

36 *Ib.*, p. 20-22.

In questa valle così carica di suggestioni e amplificatrice dei sentimenti, Borgese, viandante solitario e riflessivo, raggiunge il proprio acquietamento interiore, e, nello scrivere i motivi ispiratori dell'opera altrui, ricerca e trova la sua «luce», la sua «chiave di eternità»[37], quella «luce» che in precedenza aveva cercato e auspicato di trovare, in un'altra valle, in un'altra escursione:

> Ma io so quello che m'aspetta lassù, quando sarò sul valico: un altro giorno, chiuso in un tempo breve e solenne, un'aurora e un tramonto raccolti in pochi istanti [...] E il pellegrinaggio dietro il sole sparito, che deve riapparire, mi diventa un segno di immortalità: l'uomo che abbandonato dalla luce sale ancora verso la luce è quegli che deve morire, e spera che vivrà ancora[38].

VI.

Nell'anno in cui scrive *Tempesta nel nulla,* 1930, Borgese, durante l'ennesimo soggiorno nell'Engadina, nella ricorrenza del trentesimo anniversario della morte del filosofo, scrive anche *Con Nietzsche, dopo trent'anni:*[39]

> Di pensiero in pensiero, di monte in monte, come il nostro antenato Petrarca, Federico Nietzsche percorreva solitario questa valle, alta Engadina, in quegli anni, dopo l'80, [...] Cercando solitudini estive presso le sorgenti del Reno, gli accadde invece di scoprir questa, non lungi dalla rupe donde zampilla l'Inn. E qui tornò molti anni, qui visse

37 G.A. Borgese, *Tempesta nel nulla*, cit., p. 53.

38 Id., *Idillio di San Vigilio, Il sole non è tramontato*, Milano, Mondadori, 1929, p. 293.

39 Id., *Con Nietzsche, dopo trent'anni*, in «Corriere della sera», 24 agosto 1930, poi in G.A. Borgese, *La città assoluta e altri scritti*, Milano, Mondadori, 1960, p. 115-121. Cfr anche A. Cavalli Pasini, *L'unità della letteratura. Borgese critico scrittore, Bologna*, Pàtron editore, 1994, pp. 305-319.

> l'ultima sua estate, l'88, prima del delirio che l'abbatté nel dicembre torinese, qui certamente ricorse molte volte il suo cieco ricordo negli anni ottusi e blandi fra quelle catastrofe e il trapasso. In questi boschi, su queste rive, erano nate o avevano vigoreggiato le sue idee maggiori: il superuomo, l'eterno ritorno, la volontà si potenza. Fra i monti di Sils-Maria, nei meriggi sospesi, gli apparve il fantasma in cui perdutamente tentò di incarnare la volatilità del suo spirito, di dar forma alla fosforescenza del suo genio: il fantasma di Zarathustra [….][40].

Tale articolo, insieme agli altri due citati, è utile per una migliore lettura critica di *Tempesta nel nulla* dato che le descrizioni si incrociano e si rincorrono in alcune trame e nelle idee ispiratrici di fondo e in entrambi si esprime la forza suggestiva e coinvolgente del paesaggio, descritto e narrato dalla magistrale scrittura di Borgese:

> Chi – anche se umano, troppo umano – non ha avuto i suoi momenti di semidio camminando senza compagno su un terreno elastico, in un paesaggio armonioso, lasciando veleggiare alla deriva nel "lago del cuore" tante reminiscenze e analogie, guardando colorarsi, labili e grandiosi come nubi nel cielo dell'anima, le istantaneità della fantasia, i capricci della ragione? Ogni parola interna, echeggiando su se stessa, nel consenso del silenzio si moltiplica; la facile marcia dà il ritmo[41].

Il paesaggio prima descritto in *Maloja di Segantini, Silvaplana di Nietzsche* e in *Con Nietzsche trent'anni dopo* considerato da Borgese la scintilla delle idee di Nietzsche, «musicista poeta e filosofo mancato»[42]:

---

40 Id., *Con Nietzsche, dopo trent'anni*, in *La città assoluta e altri scritti*, cit., p. 115.

41 *Ib.*, p. 116.

42 *Ib.*, p.120.

> Nietzsche fu in qualche modo lo scopritore [...] della zona d'Engadina fra Sils-Maria e Silvaplana: l'alta montagna in un incanto arcadico. Se qualche volta si vantò d'essere qui a 1800 metri, anzi a 6000 piedi, sopra gli uomini e i tempi, più finemente altre volte osservò i toni argentini di Sils e le seduzioni pastorali, quasi diremmo melodrammatiche, di queste visioni; ché qui difficilmente, se non si sapesse, si sentirebbe d'essere tanto in alto, e la peculiarità di questa valle è nella sua soddisfazione e placidezza, nella larga apertura dei suoi sfondi, in una finitezza e conclusione di contorni che toglie l'inquietudine e l'angustia, solite nei paesaggi di montagna dominati da una cima suprema. Qui, quale uguaglianza di vette, quale coro ben composto di rupi! Che lunghe strade pianeggianti, su cui non è necessario pensare che il pié fermo sia sempre il più basso! E quale prevalenza di dolci acque azzurre, fiumi e laghi, sulle linee montuose! Lo stesso ghiacciaio di Fex, così vasto ma così vicino, ha la forma d'un bell'arco d'argento, e il suo candore è di chiaro di luna. Nella cornice altamente leggiadra che dissimulava ogni minaccia, come nasconde dietro facili parventi le masse sterminate, i dirupi mostruosi del Bernina, egli poté sentirsi concorde con se stesso, amare sorridendo la sua sorte[43],

è ora lo stesso al centro della trama di *Tempesta nel nulla,* dove l'autore, esplorando in profondità 'l'anima del luogo', in realtà esplora in profondità la sua stessa anima per ritrovare le radici smarrite del proprio futuro.

Osservando «una strana tempesta sul lago: come se le rive, troppo anguste, non bastassero a contenerla»[44], Borgese percepisce

43 *Ib.*, pp. 117-118.

44 G.A. Borgese, *Tempesta nel nulla*, cit., p. 38

> […] violentemente quella vicenda come se fosse svolta in me; l'agitazione della natura, così repressa, come soliamo immaginarci le forze sotterranee che cercano un varco nei vulcani o fanno tremare la terra, divenne la mia angoscia da troppo tempo con troppo orgoglio frenata; fu la mia scontentezza del cielo, illuminata infine da un sole di delirio […] Io mi chinai sul mio passato come su un'acqua nera che chiedesse una vertigine; pensai alla mia gioventù […]; un grido intollerabile, non udito da nessuno, proruppe entro di me e non ne ebbi vergogna. Avrei voluto abbracciare le larve, avrei voluto che il tempo mi restituisse i giorni, e le sue dolci notti, che mi lasciasse ancora viva la sua preda, il passato. Con una stolta preghiera chiamai il nome di Dio: – Dio, uccidi il tempo. – Cercai presto nel sonno la breve morte; e non sognai[45].

Richiamando la debordante presenza dell'infinito della natura esteriore nel finito della natura umana, il paesaggio, è sì un frammento di natura osservato fuori di noi ma è anche, grazie alle concatenazioni che permette di compiere, espressione del nostro essere parte della totalità. Di fronte ad esso ci sentiamo d'un colpo un brandello irrisorio di un'esistenza potente che ci contiene e ci trascende e che ci induce a ricercare, a partire dal Diverso originario, «nel molteplice», quel«l'Uno» definitivo, «la causa unica dei varii effetti […] la concezione organica delle apparenze superficiali»[46]. Il paesaggio rappresenta così l'aspirazione alla conciliazione, all'unità e all'universalità, proprio perché permette alla mente di concentrarsi sull'essenziale: emozioni cruciali, percezioni cardinali in grado di suscitare, in chi entra in sintonia con esso, lo svelamento della più intima natura delle cose e una intuitiva,

45 *Ib.*, pp. 39-41.

46 G.A. Borgese, *Lettera allo zio Giovanni del 6 aprile 1902*, inedita, Archivio Fondazione "G.A. Borgese".

immediata, coscienza e conoscenza che Borgese, proprio in *Tempesta nel nulla*, dopo una necessaria ascesa fisica e intellettuale, trasferisce:

> Era una conca selvaggia, con alcune lastre di macigno. Io mi sedetti, poi mi stesi sotto il sole sulla più lunga. Davanti erano i ghiacci; giù in fondo, dalla parte opposta, l'azzurreggiare dei laghi; a picco sotto a me la valle, scintillante di acque e di sole. La vetta della Margna mi sorgeva accanto, nell'ombra del cielo, chiudendo da questo lato la vista, con la sua forma di un trono d'argento[47].

In questo suggestivo paesaggio di montagna, l'anima del protagonista, animata dalla volontà di comprenderlo, è invasa dall'anima del luogo e questa 'anima' che lo coinvolge e lo avvolge, lo accende, lo solleva e lo muta, è avvertita ed esplode in ogni parola, come in una confessione, in cui l'autore fa dono di se stesso:

> [...] Ho sempre avuto davanti alle grandi scene della natura straordinarie impressioni di suono. Come Pitagora sentiva l'armonia delle sfere, così a me pare di udire le voci del silenzio; e mi pare incredibile che gli altri non le odano con me. I tramonti hanno squilli attutiti di ottoni, note basse, vellutate, di trombe; la vista di un ghiacciaio empie l'aria d'un fragore di timpani, di un canto terribilmente acuto e tuttavia terribilmente dolce come dev'essere quello dei cigni moribondi udito dai poeti sul limite dell'ineffabile. Così mi scaturì questo assurdo timbro d'argento dalla vedretta di Fedoz, appena essa fu manifesta in fondo alla valle; e il cielo ne vibrò, le orecchie letteralmente ne tintinnarono, assordate dalla trepidazione del sangue, come quando un viandante, uscito dalla foresta

47 Id., *Tempesta nel nulla*, cit., pp. 50-51.

che gli nascondeva tutti i suoni, si trova faccia a faccia col clamore del nudo della cascata [...] Varie volte ho sentito rimorso di questo tripudio straripante dell'anima che, sommersi gli argini, dilaga in una infinità di giubilo[48].

Il poeta, infatti, sa trasformare la molteplicità di sensazioni avvertite in uno scrigno di immagini incandescenti destinate a sviluppare le altrui sensazioni perché riesce a collocare il proprio corpo individuale al centro del luogo abitato dalla sua coscienza e dalla sua sensibilità. Così, tutte le sue emozioni, sensazioni, percezioni, tutte le sue storie individuali fioriscono nella sua anima, sfociando in un testo che offre la quintessenza di sinestesie bizzarre: sentire dei colori, assaporare dei profumi, toccare dei suoni, udire delle temperature, vedere dei rumori[49].

## VII.

Non secondaria all'evolversi della trama di *Tempesta nel nulla,* e al suo senso, è poi la raffigurazione degli stessi paesaggi del proprio luogo nativo, qui richiamati in uno struggente ricordo d'amore dalla visione dei paesaggi engadinesi, ai quali sono accostati in un controcanto di ispirazione e di unisona sinfonia:

> Così, sorgendo da ogni parte brume di visione, non vedevo più la valle di Fedoz l'Engadina; ma i monti miei, la valle su cui nacqui[50].

Si tratta di rievocazioni della memoria (mancando egli dal suo paese dal 1917) ma pur sempre cariche di limpida forza espressiva, grazie ad una scrittura ricercata e meditata in ogni

48 *Ib.*, pp. 42-45.

49 Cfr M. Onfray, *Filosofia del viaggio. Poetica della geografia*, Milano, Ponte alle grazie, 2010, p. 28.

50 *Ib.*, p. 47.

sua singola parola, con cui consegna un affresco in cui tutto, illuminato da una luce magica, sembra trasfigurato.

I ricordi borgesiani di Polizzi Generosa raggiungono la massima elevazione poetica, grazie alla capacità propria del poeta di

> [...] guardare il mondo con meraviglia e a notare affinità insperate. E perciò la parola si mantiene fra le sue labbra piena di significazioni reali e profonde[51].

E, allegoria di una condizione universale, come solo la letteratura sa fare, essi assurgono a simbolo della terra e delle radici di ognuno, a 'luogo dello spirito' universali.

Queste 'memorie di icone paesaggistiche', che portano dall'universo infinito alla sua formula puntualmente e momentaneamente compiuta, sintetizzano dei frammenti trasfigurati in ricordi scintillanti, che rimarranno sempre presenti nell'opera di Borgese, tanto che, alla vigilia della pubblicazione di *Tempesta nel nulla* e della sua partenza per l'America, confessa:

> Nel piccolo paese di montagna, lassù sulla rupe, in vista del mare, non molto lontano da qui [...] in quella casa di cui ho scritto un ricordo che non mi ha lasciato indifferente mentre lo scrivevo nell'ultimo mio libro narrativo che pubblicherò fra poco[52] [...] In questo senso, qualunque sia stata e sia per esser la mia lontananza, per quanti anni io sia stato lontano da questa mia terra, io sono e rimango profondamente siciliano. Partendo per qualunque viaggio, per qualunque distanza, allontanandomi con questa immagine, allontanandomi con la Trinacria negli occhi, io posso dire: ho questa isola in cuore[53].

51 G.A. Borgese, *Parola e Immagine, in Poetica dell'unità*, Milano, Mondadori, 1952, p. 181.

52 Si riferisce proprio a *Tempesta nel nulla*, di lì a poco pubblicato (NdR).

53 G.A. Borgese, *Discorso sulla Sicilia (ai siciliani?)*, Catania [26 maggio 1931], *Una Sicilia senza aranci*, a cura di I. Pupo, pp. 101-104.

Esse non significano l'abbandono alla malinconia della giovinezza perduta, «ch'è il contrario dell'amore, essa che tende le braccia alle cose impossibili, al passato»[54] ma, grazie alla liricità dell'autentica poesia, esprimono un moto d'animo, un sussurro del cuore che consente l'approdo a quel porto sicuro tanto cercato, alle proprie incancellabili radici, le stesse che *Rubé* aveva bisogno di ritrovare per «capire il suo nome. Sapere chi sono, per sapere cosa [...] fare [...] Tornare a Calinni [...]»[55] e, perciò, a quell'«amore moto verso cose sperabili e future»[56].

Così, con la memoria del passato Borgese prepara il futuro, in modo che il presente si ritrovi rafforzato, più denso, più coerente, più consistente, nella scelta da compiersi. Nessun essere umano, infatti, si muove sul pianeta senza un punto di riferimento, un picchetto piantato in terra, fisso e soggetto a essere ritrovato sempre. La possibilità di perdere la bussola lascia percepire appena a che cosa corrisponda l'assenza di tale riferimento certo in un'esistenza o in un viaggio. L'erranza comincia quando viene a mancare il porto di partenza, l'ancoraggio senza i quali bisogna avere timore dello smarrimento definitivo dell'anima, che Borgese, infine, evita proprio percorrendo l'Engadina e scrivendo *Tempesta nel nulla.*

## VIII.

Nella trama narrativa di *Tempesta nel nulla* centrale è la figura e la presenza della figlia che lo accompagna nelle escursioni quotidiane. La relazione descritta è un canto di indicibile

54 Id., *Tempesta nel nulla*, p. 47.
55 Id., *Rubé*, p. 323.
56 *Ib*., p. 47.

tenerezza. È come se, d'improvviso, per la prima volta, egli scoprisse di essere padre, comprendendone il significato più profondo.

Evocando un sogno, quasi allucinante, illuminato da una visione esteriore tra labili confini, attonito, sgomento, incredulo, come ad obbedire al biblico comando:

> Prendi la tua creatura, tu che hai creduto di comprendere il Creatore, tu che hai preso il Creatore nei lacci della tua mente. Conducila lassù, dove hai conosciuto l'Eterno. Lì essa conoscerà la morte, e tu conoscerai la morte nella sua carne che è carne tua, in cui eri divenuto innocente[57],

Borgese, come guidato da un'intelligenza superiore e folgorante, in una comprensione esplosa in un solo attimo alla ricerca della beatitudine cui «aspira con tutte le forze della sua coscienza»[58], scopre se stesso, sua figlia «accarezzata con mano paterna, vagheggiata e vigilata come l'anima propria, salvata e insieme salvatrice, immagine e sublimazione del germe santo della propria vita»[59]:

> Tu la mia ombra, ombra d'argento, luce in luce; acqua specchiante a cui, soffermato, io mi guardo, e sono puro; eco da cui la mia voce ritorna in un trillo di melodia. Io la guardai negli occhi, e in essi mi smarrii. In lei rapito, amai sua madre; amai mia madre, ch'era tanto lontana [...] Le età. Le stagioni, mi si confusero in cuore [...] Camminavamo tenendoci per mano; dimenticavo gli anni; di tutte le parentele, le vive e quelle che erano sotterra, si fece, non so come, una cosa sola; e mia figlia fu una del mio sangue, una sorella[60].

57 G.A. Borgese, *Tempesta nel nulla*, cit., p. 91.

58 A. Momigliano, *op. cit.*

59 *Ib.*

60 G.A. Borgese, *Tempesta nel nulla*, pp. 111-115.

Lì lungo il sentiero dell'inquietudine ad un tempo interiore e fisica, attraverso la particolare estasi ascetica cui sottopone se stesso alla ricerca di una pace interiore e di una comprensione del tempo e dell'eternità, superando una «concezione opprimente di Dio e del destino umano»[61], Borgese giunge alla scoperta della presenza viva e vivificante di sua figlia e, soprattutto, del senso dell'essere padre.

## IX.

L'opera borgesiana *Tempesta nel nulla* è speciale perché qui è il 'cuore pulsante' dell'autore, con essa si manifesta il suo tesoro nascosto e, nonostante sia raccontato in prima persona e sia espressa una sua personale visione, essa è di valore universale perché vi è descritta, più compiutamente, l'«inestinguibile sete dell'Eterno»[62] che contraddistingue la riflessione dell'uomo, in precedenza affrontata nelle altre sue opere.

Infatti, chi, almeno una volta nella vita, non si è posto di fronte al Mistero, all'Eternità per tentare di svelarne il significato? Chi, almeno una volta nella vita, non è stato attraversato e posseduto dai tormenti di una ricerca attorno al senso della vita e della morte tanto dirimente e piena di significato per l'esistenza?

Quella stessa sete e ricerca dell'Eterno con la quale in precedenza Borgese, citando *Così parlò Zarathustra*, aveva chiuso proprio *Silvaplana di Nietzsche*[63], ora, in *Tempesta nel nulla,*

61 A. Momigliano, *op. cit.*

62 G.A. Borgese, *I vivi e i morti*, Milano, Mondadori, 1923.

63 «'O uomo, ascolta! – Che dice la profonda mezzanotte? – Io dormivo, dormivo; – da un sogno profondo – più profondo che il Giorno non abbia pensato. – Profondo è il dolore; – più del cordoglio profonda è la Gioia. – Dice il Dolore: Passa! – ma la Gioia vuole Eternità, – vuole profonda, profonda Eternità'. Il dolore vuole cessare, e la gioia chiede eternità. Quale pensiero da tutti! Con quale ossessione d'enfasi accentuato! Appunto perciò contiene un brivido». Id., *Silvaplana di Nietzsche*, cit., p. 25.

possiamo ben dire, è avvertita come presenza del sacro nella sua vita, nelle sue vicende, e diventa espressione della sua fede, della sua religione.

Nonostante Borgese fosse lontano da una militanza di fede dichiarata, la sua particolare ricerca e la sua intensa riflessione non sono né secondarie né avulse dalla sua opera di poeta e di critico dell'Unità e dell'Universalità, tanto da essere quasi confessati in una pubblica confidenza all'amico Cantini che lo intervista:

> Il vero è che io fui solo apparentemente un precoce. Quando ero molto giovane, ero pigro e perplesso, e tormentato da mille dubbi. Una fede non mi si formò che parecchio dopo i trent'anni; e senza fede non c'è entusiasmo e felicità, e dunque non c'è arte[64].

Lo dice chiaramente anche all'amica Clotilde Marghieri con una lettera inviatale dall'America:

> Sono stato relativamente tranquillo: al che contribuisce la ragionevole convinzione di non poter nulla contro gli avvenimenti [...] Mi aiuta anche, oramai, a questa relativa tranquillità la fede, di cui vi parlavo, e che vi stupisce. Perché in tutta quella sorda confessione che è la mia opera non c'è un cammino continuo verso di essa? S'intende che non è una fede confessionale: tutt'altro [...][65].

Negli inediti diari americani si ha poi conferma di questa ricerca con una riflessione su «Dio», «il vero tema della mia vita e della mia arte»[66] e sulla conversione «dal terreste al

64 Id., *Una Sicilia senza aranci*, p. 253.

65 Id., *Lettera a Clotilde Marghieri del 20 agosto 1935*, in *G.A. Borgese. Lettere a Giovanni Papini e Clotilde Marghieri (1903-1952)*, a cura di Mariarosaria Olivieri, Napoli, Edizioni Scientifiche Italiane, 1988, pp. 172-173.

66 Id., 11 maggio 1929, *Diario I, (29 dicembre 1928 - 12 luglio 1932)*.

divino (dal piacere alla gioia, direbbe Bergson). Essa non è avvenuta in me che nel giugno '32»[67].

La fede, dunque, rappresenta per Borgese una costante di tensione e di valori, non solo nella sua vita artistica, ma anche nella sua riflessione politica, richiamandosi egli proprio ai principi cristiani:

> L'avvenire è senza dubbio di una cristianità con linguaggio universale. Come essa possa essere costituita socialmente e teologicamente è impossibile prevedere; ma è pure un compito partecipare alla sua formazione col dolore della solitudine. Tutto sta ad averne la forza e saper resistere[68].

In tal senso, testimonianza eloquente di questo senso religioso coltivato da Borgese nella ricerca ansiosa su ciò che si pone oltre i confini della pura ragione e sul senso del trascendente, è l'intenso decennio narrativo, 1921-1931, che si apre con *Rubé* (1921), la sua principale opera narrativa, e si chiude proprio con *Tempesta nel nulla.*

In ognuna delle sue opere, quali che siano i personaggi (Filippo in *Rubé*, Eliseo ne *I vivi e i morti*, Lazzaro nell'opera omonima[69], lo stesso Borgese in *Tempesta nel nulla*), in un *continuum* narrativo e in un crescendo lacoontico, come è stato definito da Palmieri[70], essi danno un valore di religiosità all'esperienza borgesiana, sebbene quest'esperienza, negativa in *Rubé* (ricordiamo l'incontro con padre Mariani), non si esplichi affermativamente che ne *I vivi e i morti* , trionfi col *Lazzaro* per giungere, infine, nell'esperienza conclusiva e chiarificatrice di *Tempesta nel nulla,* come lui stesso scrive nel suo diario:

---

67 Id., 5 luglio 1932, *Diario II (4 luglio 1932 - 30 aprile 1933).*

68 Id., 22 luglio 1932, *Diario II (4 luglio 1932 - 30 aprile 1933).*

69 Id., *Lazzaro*, Milano, Mondadori, 1926.

70 E. Palmieri, *Borgese*, Napoli, Gaspare Casella Editore, 1928, p. 120.

> Il disordine e la tragica inconcludenza della mente contemporanea trovarono espressione in tre suoi personaggi di romanzo e di teatro: *Rubé*, nel romanzo di questo nome (tradotto in varie lingue, e pubblicato in inglese da Harcourt Brace, New York, 1923), Gaddi, nel romanzo *I vivi e i morti* (traduzione francese, edizione Plon 1931), l'arciduca ereditario Rodolfo d'Asburgo (nel dramma l'Arciduca e nel racconto storico *La Tragedia di Mayerling*). Una nuova visione della vita, fondata su una fede razionale [al di sopra delle sette] e su una ricostruzione solidale delle facoltà umane, si annunzia nel dramma *Lazzaro* (1924) e in un'ampia raccolta di novelle liriche, apparse negli anni successivi e concluse da un racconto, *Tempesta nel nulla* (1931), in cui dai miti del terrore e dalla sconfitta emerge una divina speranza. In analoghe direzioni si sono sviluppate le sue idee di critica e di filosofia estetica: secondo le quali il dono poetico, interpretato, nel suo proprio modo, come un dono profetico, è posto in collaborazione costruttiva con le altre attività dello spirito [...][71]

Tanto è cruciale nella sua vita artistica questa dimensione, visione e ansia dell'Eterno e del sacro, che Borgese così scrive nel suo diario: *la religione di* Tempesta nel nulla *deve passare nella vita*[72].

## X.

La pagina del dialogo di Filippo Rubé con padre Mariani è di un'intensità incalzante, proprio di chi cerca risposte e non ne ottiene, come del resto è tutto il romanzo *Rubé*:

---

71 G.A. Borgese, *10 settembre 1932, Diario II (4 luglio 1932 - 30 aprile 1933).*

72 Id., *18 Luglio 1934 mercoledì. Un quarto d'ora dopo mezzanotte. Diario IV (8 luglio 1934 - 21 ottobre 1934).*

> Io non sono né osservante né credente. Fin da prima dell'adolescenza mi beffavo di tutte le superstizioni, e tenni testa vittoriosamente a mia madre che pretendeva di farmi cresimare. Con gli anni ero diventato più tollerante, ma non per un progresso di fede, per un progresso di scetticismo. Non mi pareva strano, giacché gli uomini credono a tante fandonie, che alcuni fra essi inghiottano l'ostia consacrata. Perdoni se l'offendo; debbo parlar franco. Io però non mi sono mai accostato ai sacramenti e non ho mai creduto a nulla, salvo, sì, forse, alle leggi del vivere civile, e, certo, alla legge dell'onore[73].

Nel successivo romanzo *I vivi e i morti* , quasi una prosecuzione ideale del più famoso *Rubé*, con il protagonista Eliseo Gaddi, Borgese sviluppa ulteriormente questa ricerca sul significato del vivere e del morire e sull'insopprimibile anelito della parte spirituale dell'uomo a liberarsi dalle pastoie del corpo[74] con un'esperienza d'interiorità di fronte al mistero.

Il protagonista, *Gaddi*, anima assetata che contempla la morte e fruga l'invisibile, s'interroga e interroga

> [...] Mamma, mamma, tu che m'hai dato la vita fammi credere nell'eternità. Ma è questa la fede, figlio mio – gli disse la madre, alitandogli sul capo, tendendogli tutte e due le mani sui capelli. – Questo volere la fede, questo invocare l'eternità, piangere per l'eternità. Che cos'altro è la fede? Piangi, figlio...Tua madre ti benedice[75]

per concludere, infine, con una esplicita sete dell'Eterno:

---

73 Id., *Rubé*, cit., pp. 305-306.

74 A. Cavalli Pasini (a cura di), *Introduzione a G.A. Borgese, I vivi e i morti*, VIII.

75 G.A. Borgese, *I vivi e i morti*, cit., p. 59.

[…] Allora egli uscì sul piccolo piano davanti alla casa, e vide che il firmamento raggiava tutto di un inclito fulgore. E gli giunsero voci dal cuore, ch'egli ascoltò come un messaggio celeste.
'Ecco l'universo intorno a te; ma tu quanto poco spazio, quanta poca luce ne vedi! Il sole e le stelle non sono lampade sulla tua strada come credevano i tuoi padri lontani, e la materia con i suoi fuochi rotea, invisibile, là dove tu nemmeno concepisci. La Terra è una pellegrina verde e azzurra, nello spazio. E la tua anima è pellegrina nel tempo. E lo Spirito ha una vita smisurata, non meno di quella che tu chiami materia; e la sua vita non è tutta sulla stretta superficie della tua patria la Terra. Ma l'anima salpa di mondo in mondo, come tu non puoi capire. E l'Eternità t'è promessa, ma non la puoi dire a parole. T'è promessa la Giovinezza Immortale, e tu non sai che sia. La Risurrezione dalla Morte; ma tu non sai che sia. E la coscienza dell'io, e la memoria di te, è un piccolo debole faro che s'accende e si spegne. Ma sarà dolce che si spenga. E la morte è più buona del sonno per chi visse la sua giornata con opere o con giusti pensieri. Ora tu non domandare prima che venga la sera. Perché non è permesso! Perché non è permesso!
'Perché la terra è stretta. Ma ognuno che muore non senza speranza parte, come un nuovo Colombo, a scoprire le stelle. E non domandare nemmeno se Dio abbia il suo trono sopra lo Zenith o se abiti dentro il tuo petto, s'Egli sia il padre dell'Uomo o il figlio dell'Uomo. Perché non lo puoi sapere! Perché non lo devi sapere! Ma forse una notte verrà che tutte le luci, tranne Una, siano spente; che tutti i mondi siano morti, tranne il Pensiero di Dio; e che l'universo sia tutto una sterminata fioritura di tenebra azzurra, come i campi dei fiori di lino quando non luce la luna. E l'universo sarà finalmente di Dio[76]'.

76 *Ib.*, pp. 278-279.

Scrive Palmieri nel suo *Borgese*: «Non so se il Borgese abbia voluto compiere un'esperienza freudiana o piuttosto teosofica. La curiosità dell'eterno, la sete e la fame di cibi e di bevande immortali che hanno spento ogni altro desiderio nell'anima di Eliseo Gaddi, anche l'amore, spazzano via il sospetto, che potesse nascere, circa le intenzioni dello scrittore di aver fatto del verismo descrittivo, anzi che descritto la storia d'un'anima che s'involge, attraverso la psicanalisi, nella teosofia. Ad ogni costo vuol sapere che ci sarà dopo: e questo tormento è la sua fede, polarizzata tra il Leopardi e il Pascal. La ricerca è soltanto di fede, non di scienza. Egli, che ha vissuto sempre di rimpianti e di speranze, ha guardato sempre all'eternità: «Chi ha visto l'eternità deve morire»[77].

Anche in *Lazzaro*, Borgese si interroga in maniera esplicita proprio sul senso della morte e della vita oltre la morte:

> La morte [...] è come il tramonto sulle nostre terre, che subito tronca il giorno ed è notte; la vita è come la luce del mattino che cresce lentamente e non ci se n'avvede. Ma dov'è per me questa luce del mattino? [...] Una vita è gravosa, ma due di seguito non si possono sopportare[78].

E a chi gli rimprovera che lui Lazzaro, il resuscitato *non dice che sia miracolo*[79], Lazzaro risorto, risponde:

> Miracolo! Che non è miracolo? È dono di Dio il sole di ogni giorno. Ogni mattina Iddio mi risuscita dal sonno. Ed io, sebbene veda le iniquità che sono sotto il sole, di ogni ora, e del mio respiro, ringrazio il Padre che è nei cieli[80],

77 E. Palmieri, *op. cit.*, p. 58.
78 G.A. Borgese, *Lazzaro*, cit., pp. 177-179.
79 *Ib.*, p. 131.
80 *Ib.*, pp. 131-132.

per concludere, infine, con un'ovvia, ma tremenda constatazione dell'animo umano

> [...] insaziabile è la curiosità dei viventi intorno a ciò che può accadere dopo la vita, e vorrebbero che la vita non cessasse mai[...][81].

XI.

Con *Tempesta nel nulla*, assecondando i moti del ricordo e scavando in profondità nella sua anima, grazie a un'escursione lungo i sentieri della montagna assurta a luogo simbolo dell'ascesi, della ricerca di sé e di un aldilà che richiama la presenza dell'Eterno fra i viventi, Borgese descrive la sua personale liberazione, perché più chiare gli si fanno adesso le scelte da compiere grazie a un'esperienza del sacro che compie camminando *di costa in costa, di balza in balza, lungo i contrafforti della Margna*[82].

In questo simbolico accostarsi alla montagna come cammino di ascesa interiore, *come catarsi* [...] *antico tema, topos letterario* [...][83], che quasi mai procede rettilineo ma necessita sempre di assecondare il terreno con svolte e varianti, come la vita, Borgese compie la sua catarsi spirituale risolvendo i conflitti e le lacerazioni con i quali era convissuto a partire dall'infanzia, allorquando proprio la sua visione dell'Eterno era stata fortemente segnata:

> Oh perché m'hanno riempito il cuore di cenere e tenebra?

81 *Ib.*, p. 194.

82 G.A. Borgese, *Tempesta nel nulla*, cit., p. 48.

83 N. Tedesco, *La coscienza letteraria del Novecento, Giuseppe Antonio Borgese*, Palermo, Flaccovio, 1999, p. 158.

> La morte è un sogno. Noi abbiamo riempito di quest'orrore tutti i vuoti dell'Universo [...] Un dio di castigo, un dio di eterna vendetta, m'hanno insegnato a adorare, me ancora incolpevole: Moloch divoratore, satana torturatore, e lo chiamavano Dio. Ora egli non esiste, e io voglio strappare perfino il suo nome dalle piaghe del mio cuore, dalle piaghe che vi ha aperte coi suoi artigli sanguinari, egli che non esiste, il grifone d'abisso; poiché soltanto dentro il nostro cuore è la morte, in esso generata; essa la figlia di Satana e della Colpa, abitatrice del nulla. Io voglio alzarmi dalla tenebra, aprire questa fronte di luce; [...] E voglio, concorde con gli uomini, dare opera anch'io, dare il mio respiro, perché finalmente sia vuotato il vuoto dei vani Spaventi, dei fantasmi ululanti di cui lo riempimmo, finché Uno finalmente non sorga, rinnegando la morte; ed essa sparisca; e dal diluvio della tenebra emerga, tutta Ararat, tutta alle miriadi di soli, la Terra promessa, la Terra. Ed Eros e Thànatos, l'Amore e Morte, così sono fratelli; dove l'uno tramonta l'altra appare[84].

In un continuo frenetico interrogarsi senza sosta, «ai limiti delle proprie forze, in un moto ascensionale dello spirito verso la conoscenza di Dio, tra gli abissi che si spalancano davanti, tra dirupi e baratri, facili emblema di una ragione che vuole oltrepassare i confini che le sono naturalmente imposti»[85], Borgese scrive d'impeto:

> Io so bene che l'intelletto umano non può intuire le cose eterne, né del mio intelletto oserei dire ch'esso allora si profanasse tanto "che retro la memoria non può ire". Ma ebbi l'impressione come se un velo si squarciasse, un muro crollasse, e credei di capire l'identità di tempo e

84 G.A. Borgese, *Tempesta nel nulla*, cit., pp. 125-129.

85 A. Cavalli Pasini, *L'unità della letteratura. Borgese critico scrittore*, cit., p. 307.

eternità, di riconoscere in essa me salvato. Come nessun altra volta mai, provai il sentimento indicibile di aver lasciato dietro a me la morte[86].

Il cammino compiuto da Borgese per i sentieri dell'Engadina, proprio come scrive Machado: *Caminante no hay camino se hace camino al andar*[87], gli si apre camminando.

Passo dopo passo, il cammino, infatti, connessione tra due ritmi, quello delle gambe e quello del pensiero, aiutando a sintonizzare il corpo con la mente – vero luogo del cammino – e la mente con l'universo, squarcia e dissolve la fatica e la pesantezza del procedere, dimensione dell'orizzontalità dell'esistenza e conduce alla conoscenza e alla comprensione, dimensione della verticalità dell'ascesa, grazie alle suggestioni paesaggistiche che l'osservare e il meditare consentono.

Per questo l'esperienza di *Tempesta nel nulla* è paradigmatica dell'esperienza del viaggio, dove il vedere s'impone come legittimazione del movimento, sua motivazione profonda, perché consente di conoscere, ovvero inserire la pura percezione dei luoghi in un articolato sistema di pensiero.

Questo in fondo è il viaggio di *Tempesta nel nulla*: l'occasione per dilatare i sensi per sentire e comprendere in modo più profondo, guardare e vedere in modo più intenso e così far parlare la propria anima in cui l'artista (Borgese) conosce e vede come un visionario, comprende e coglie senza spiegazioni, per impulso naturale. Un racconto dove emozione, affezione, entusiasmo, susseguente a un primo smarrimento, stupore, domande, sorpresa, gioia e sbalordimento, ogni cosa si mescola nell'esercizio della ricerca del bello e del sublime, in cui «la temperatura s'alza progressivamente dentro

86 G.A. Borgese, *Tempesta nel nulla*, pp. 49-50.

87 A. Machado, *Proverbios y cantarés. Caminante non hay camin se hace camino al andar*, Campos de Castilla, 1917.

un'aria sempre più rarefatta, e come sospesa dentro un'aura nebbiosa, per tendere alla massima sapienziale, al giudizio filosofico, dentro una partita che potremo definire, appunto, metafisica […]»[88].

Può anche essere che *Tempesta nel nulla* testimoni il «grado zero dell'impegno pubblico raggiunto da Borgese in quel periodo»[89] o un livello «supremamente antinarrativo»[90], ma è senz'altro un libro che parla oltre il contingente e oltre il dato biografico dell'autore, perché riesce a vedere lontano, a prefigurare un cammino oltre la coltre asfissiante del momento. Un libro che è espressione dell'accostarsi, in «qualche modo», da parte dell'autore, «all'invenzione utopica, intesa come l'ideale disegno del *non luogo,* del paese che *non è* […] che tuttavia consente a Borgese […] di partecipare più distintamente alla ricerca del «buon luogo, del luogo ideale, secondo un'idea dell'utopia che ci fornisce lo schema e il criterio per un giudizio che ci porti a indirizzare diversamente gli eventi della vita sociale»[91], idea utopica che poi svilupperà più approfonditamente e più compiutamente in America con i suoi scritti politici.

Un libro dove la potenza espressiva della parola è ricercata e condensata nell'«arduo tentativo di tradurre nella scrittura i movimenti di un pensiero che spazia oltre i limiti del razionale, verso il supremo e l'assoluto e, conscio di possedere – come accade al mistico – una verità inaccessibile all'uomo comune […], fa ogni sforzo per esprimerla e comunicarla»[92].

Ecco perché, più che un libro, *Tempesta nel nulla* è un canto, «[…] il canto della quiete dopo la tempesta […] la sintesi delle

88 M. Onofri, *Il sospetto della realtà*, Cava de' Tirreni, Avagliano, 2004, p. 46.

89 V. Licata, *L'invenzione critica. G.A. Borgese*, Palermo, Flaccovio, 1982, p. 114.

90 M. Onofri, *op. cit.*, p. 46.

91 N. Tedesco, *op. cit.*, pp. 158-159.

92 A. Cavalli Pasini, *L'unità della letteratura. Borgese critico scrittore*, cit., p. 314.

esperienze umane e poetiche di Borgese»[93], di una intensità appassionante tra sentimenti profondi e violenti, ardore religioso e coscienza di peccato e un paesaggio grandioso pieno di sventura e d'inferno visionario, ma finalmente rischiarato da una luce di dolcissimo idillio.

## XII.

Infine, non di secondaria importanza e non avulse dal testo, sono due pagini di T*empesta nel nulla* che meritano di essere citate: quella della dedica, proprio alla figlia che poi lo seguirà in America, *Alla Nanni, partendo per l'Atlantide* e quella posta al termine del racconto, *Ascensione del 1931.*

Cosa vogliono indicare?

Cosa altro rappresenta la dedica se non un esplicito riferimento alla partenza decisa verso la nuova terra, verso quell'Atlantide collocata oltre 'le colonne d'Ercole' che lui, di lì a poco, avrebbe varcato e che ha evocato nel suo ultimo articolo dall'Italia sul *Corriere della sera*? Nell'uso del gerundio vi è tutto il significato liberatorio che contiene *Tempesta nel nulla*, l'anelito irrefrenabile di procedere verso la libertà.

Così anche per quella semplice parola con una data a fianco, posta nell'ultima pagina oltre il testo.

Cosa vuole significare Borgese con questa indicazione tanto spirituale e metaforica, quanto reale? Forse che, avendo consegnato il libro per la stampa proprio in prossimità dell'Ascensione che quell'anno, 1931, ricorreva il 14 maggio, Borgese, richiamandosi al significato teologico dell'Ascensione di Gesù al cielo dopo i quaranta giorni dalla sua Pasqua,

93 A. Momigliano, *op. cit.*

ha voluto associarlo a se stesso, metaforizzandone l'atto di ascendere sui monti dell'Engadina narrato in *Tempesta nel nulla*, ultima sua opera italiana? E nel contempo comunicare, a chi ne conosceva le cose più intime, che in realtà lui, avendo tutto chiarito a se stesso, lì camminando per i monti della val Fedoz, grazie a quella conoscenza che si è nutrita di intuizioni e della penetrazione immediata nell'essenza delle cose, superato adesso il «decennio di sofferenza» e «la prigionia delle circostanze» nei quali ha vissuto, ha già deciso di partire verso quel regno di libertà, la nuova *Atlantide,* l'America?

Queste allusioni presenti prima e dopo il testo di *Tempesta nel nulla*, che utilizzano entrambe verbi di movimento, 'partire' e 'ascendere', magari valgono pure come messaggio implicito non solo per se stesso ma anche per chi, nel leggere il racconto, guardando oltre le parole per comprenderne il significato, ritrovandovi il proprio stato d'animo, possa trovarvi anche le coordinate della nuova rotta, come lui stesso ha, infine, trovato.

Insomma, con *Tempesta nel nulla*, l'autore non ha inteso scrivere solo un racconto introspettivo o biografico, ma un'opera in grado di raggiungere il pubblico grazie alla sua capacità di toccare gli animi facendone vibrare tutte le corde e offrendo una prospettiva più ampia del momento storico e temporale, in cui, con la sua arte, conduce le cose alle parole, la vita al testo, il viaggio al verbo, il sé al sé.

*Gandolfo Librizzi*
Direttore della Fondazione "G. A. Borgese"

*Tempesta nel nulla: tra l'Engadina*
*e Polizzi Generosa - Madonie - Sicilia*
di Antonio e Luciano Schimmenti

Le fotografie realizzate dai fratelli Schimmenti lungo i passi narrativi di Borgese compendiano il testo, già di per sé ricco di immagini.

Ai fotografi va riconosciuto il merito di aver interpretato la complessa trama di *Tempesta nel nulla* estrapolandone una sequenza iconografica non solo reale ma anche metaforica. Il compito non era dei più facili perché si correva il rischio di banalizzare e semplificare il testo narrativo, vero sostrato del reale che si è inteso indagare, o, addirittura, soverchiare e oscurare la sua potenza con la forza suggestiva ma fuorviante delle immagini.

Non cadere in questa trappola va ascritto al merito dell'espressione propria di un atto creativo originale, qual è l'arte fotografica dei fratelli Schimmenti. Per questo i loro scatti assumono un particolare valore, proprio perché esprimono una piena sintonia con il difficile testo narrativo che è *Tempesta nel nulla.*

Le fotografie selezionate da un più ampio *reportage* e qui proposte, infatti, non solo descrivono, ma interpretano, oltre che dei luoghi, anche un testo, il paesaggio narrativo, rendendo visibili le relazioni invisibili che presiedono alla riflessione borgesiana, in quanto gli sguardi che ne sono scaturiti attraverso l'obiettivo hanno ri-creato il paesaggio narrativo del racconto, consentendo così anche a noi, oggi, di essere virtualmente lì presenti in quella ascensione fisica e spirituale ad un tempo compiuta da Borgese.

È come se tutto il grande incendio dell'esistere racchiuso nelle pagine di *Tempesta nel nulla* sia stato catturato e si sprigionasse dalla scintilla originaria dello scatto.

È d'obbligo quindi esprimere un grazie ai fratelli Schimmenti per aver accettato una sfida improba, ma pienamente riuscita, e per averci accompagnato, con la loro arte, in una lettura non facile ma intensa come è la scrittura magistrale di Borgese in *Tempesta nel nulla.*

*Gandolfo Librizzi - Direttore della Fondazione "G.A. Borgese"*

La passeggiata in Val Fedoz doveva essere l'ultima della stagione. Avevamo stabilito, io e mia figlia di portarci sulla strada di Fex, oltre l'albergo Waldhaus; poi, piegato a destra e raggiunta l'alpe Cadsternam, salire di lì uno sprone della Margna che le carte non segnano, tranne forse con la quota 2490, ma che io ricordavo bene dall'anno innanzi.

GALLARIA
CHESINA

Anche quest'anno, conducendola sola con me a Sils-Maria in Engadina, mentre madre e fratello andavano in Toscana, non mi facevo troppe illusioni.
Sapevo bene che essa veniva volentieri in un bell'albergo di montagna pensando al tennis e al ballo e, per il resto, a vivere fra sé con le sue chimere.
Ma il pubblico straniero, quasi tutto di famiglie tedesche e olandesi a gruppetti esclusivi, la intimidì, e non fece amicizie. Un giorno che, sedotto dalla luce, non mi seppi fermare all'albergo di Fex dove ero giunto di passo in passo verso mezzogiorno, e le feci dire per telefono che non m'aspettasse a colazione, al ritorno la trovai imbronciata e triste.

... il giorno dopo venne con me. Facemmo la stessa strada: prima fino all'albergo di Fex, nella radura erbosa; di là, lentamente salendo, fino all'orlo del ghiacciaio. Io trepidavo fra me, temendo che da un momento all'altro mi dicesse d'essere stanca e di voler tornare indietro, come solennemente le avevo promesso di fare alla sua prima richiesta;
e alzavo spesso gli occhi all'orizzonte, ai ghiacci, al cielo, con la speranza che la mia gioia accendesse in silenzio la sua, ed essa scoprisse finalmente nel suo cuore il significato di quelle cose e le amasse per sempre.

La massima impresa fu la scalata del Fuorcla Surlej.

Molti di quelli che sono stati in Engadina sanno che cos'è; si sale un po' fra boschi e poi per alcune ore all'aperto, finché ci si trova davanti a una muraglia nuda e al suo vertice si vedono un rifugio e una bandiera. Quando s'è lassù non s'è nemmeno tremila; ma la vista che se ne ha è da cima altissima. La valle dell'Inn, fra San Moritz e il Maloja, così leggiadra coi suoi laghetti smaglianti, coi suoi larici ornati di sole, con le diecimila finestre dei suoi alberghi, è sparita alle nostre spalle; e davanti a noi si squaderna, come se la vedessimo roteare nello spazio, la massa del Bernina, la voragine polare dei suoi cento ghiacciai, bianca e profonda come la luna.

*

Lassù fummo la Nanni e io, sotto il sole di agosto; e fu la più bella ora dell'anno.

Poi i giorni s'oscurarono di nuovo; e corsero, fra piogge e nebbie mattutine quasi gelide, verso la fine delle mie vacanze. Per alcune mattine non parve il caso di tentar altro; infine, quasi alla vigilia della partenza, mi potei decidere per la passeggiata in Val Fedoz che avevo in mente da tempo.

Era più modesta dell'altra; una visita di congedo alla montagna. Prevedevo due ore e mezzo a salire e due a scendere; la colazione in cima; il ritorno in tempo per prendere il tè nella pasticceria di Sils.
Il cielo era mutevole, con alternanza di nubi e di chiaro.

L’ora troppo tarda per le partenze e prematura ai ritorni dalle gite più brevi, e la stagione avanzata e quasi sempre scoraggiante, davano ragione di quella solitudine. Se si incontrava un tedesco con la sciarpa al collo, o una signora anziana soffermata a leggere su una panca, erano apparizioni poco desiderabili, di tristezza ibseniana.
Il sole s’annuvolò, e un grigio d’alba cadde sulle rupi e il lago, filtrò fra i pini. Io camminavo avanti, col sacco in spalla; la Nanni mi veniva dietro.

Essa, che da principio era stata molto loquace, a un tratto cominciò a tacere, dicendo al suo solito che voleva «pensare».

Più che paterno io le ero addirittura fraterno, fatto della stessa sua stoffa, in questo gusto di fantasticare camminando, lasciando alla deriva l'immaginazione e la memoria nel lago del cuore. Appunto perciò mi piaceva tanto passeggiare con lei; la sua vicinanza mi difendeva come un sostegno, quasi come una ringhiera, dalle esuberanze sconfinate, dalle vertigini di cui corre rischio un camminatore solitario in un paesaggio esaltante; ma potevamo, quasi d'accordo, astrarci a lungo quanto volevamo, ciascuno per sé, e seguire le volute leggere del presentimento, del ricordo, come spire trasparenti nell'aria, librarci su un fluido elemento poetico che forse non si sarebbe mai fermato in una parola di poesia, anche se tanti sussurri vi correvano dentro; infine una parola qualunque pronunciata da uno di noi toccava il silenzio dell'altro con un urto lieve come una barca abbandonata ne tocca un'altra in una rada tranquilla.

Nubi bianche stracciate, squarci di azzurro senza sole, alberi dritti intrisi di oscurità come cipressi, facevano stranamente, lassù, un accordo di tinte fiorentine che mi ricordava certe mattine sui Colli, certe malinconie di gioventù.

Traversammo un valloncello chiuso, taciturno.
Le erbe erano lunghe e lisce, lievemente inclinate come i giunchi, con fiocchi bianchi in cima quali si vedono spesso accanto agli acquitrini.
Le orme chiodate parevano stampate da tempo sul sentiero di mota compatta.
Superato il greppo opposto, rivedemmo sotto di noi a picco il lago, di un azzurro accigliato nell'ora scialba.

Il giorno prima, verso l'imbrunire, avevo visto una strana tempesta sul lago: come se le rive, troppo anguste, non bastassero a contenerla. Poche gocce di pioggia, patetiche come lacrime, erano scese sulla polvere dei sentieri sollevandola appena; poi l'onde del lago s'erano alzate, scure, senza spume, battendo prigioniere fra le sponde come un battere di catene; e il vento delle altezze tratteneva intanto le nubi, brancolanti nell'aria con tentacoli bui, e impediva la pioggia.

A un tratto, dal tumulto inespresso sorse un arcobaleno, con l'acredine dell'improvviso, si lanciò scintillando vetrino da Sils al Maloja; un altro subito gli sorse accanto più pallido, quasi un'ombra di esso animata di colori, quasi esso stesso ripetuto più tenue, come in uno specchio, dalle resistenze dell'aria; e un polverio di sole mosse dagli orizzonti, tendendo sul nembo un velo metallico che chiuse alla bufera ogni sfogo. Il vento cadde. Prima d'annottare il cielo tormentato rise.

Io sentii violentemente quella vicenda come se si fosse svolta in me l'agitazione della natura, così repressa, come soliamo immaginarci le forze sotterranee che cercano un varco nei vulcani o fanno tremare la terra, divenne la mia angoscia da troppo tempo con troppo orgoglio frenata; fu mia la scontentezza del cielo, illuminata infine da un sole di delirio. Le ombre salivano tumultuariamente i vertici, i ghiacciai, cercando invano le stelle nel cielo ingombro; il lago era chetato. Io mi chinai sul mio passato come su un'acqua nera che chiedesse una vertigine; pensai alla mia gioventù, alla mia donna; un grido intollerabile, non udito da nessuno, proruppe entro di me e non ne ebbi vergogna.
Avrei voluto abbracciare le larve, avrei voluto che il tempo mi restituisse i giorni, e le sue dolci notti, che mi lasciasse ancora viva la sua preda, il passato. Con una stolta preghiera chiamai il nome di Dio: – Dio, uccidi il tempo. – Cercai presto nel sonno la breve morte; e non sognai.
E la mattina, quale dimenticanza! Mi sentivo intorno agli occhi quella strana riposata aridezza di chi ha pianto e non ricorda più la cagione del pianto; il cielo era puro e nuovo come se avesse piovuto tutta la notte.

Ho sempre avuto davanti alle grande scene della natura straordinarie impressioni di suono. Come Pitagora sentiva l'armonia delle sfere, così a me pare di udire le voci del silenzio; e mi pare incredibile che altri non le odano con me.

I tramonti hanno squilli attutiti di ottone, noti basse, vellutate, di trombe; la vista di un ghiacciaio empie l'aria d'un fragore di timpani, , di un canto terribilmente dolce come dev'essere quello dei cigni moribondi udito dai poeti sul limite dell'ineffabile.

Alcune volte ho pensato a Nietzsche, al passeggiatore in altitudine, come a un Gesù non Cristo, a un Gesù non abbastanza divino, andato nel deserto per essere tentato e caduto al demonio. «Di nuovo il diavolo lo menò seco sopra un monte altissimo…».
Questa è la scena del suo vagare; su questi clivi forse salì; io lo amo e ho pietà di lui, ma avrei terrore di somigliare all'ombra delle sue calcagna.

Ma quale pensiero orgoglioso, quale tentazione diabolica m'invasava quella mattina? quale peccato nascondevo in petto, da doverne poi avvampare al ricordo?
Io non sentivo che ripugnanza del vano dolore, dell'inutile male; odiavo la nostalgia ch'è il contrario dell'amore, essa che tende le braccia alle cose impossibili, al passato, mentre l'amore è moto verso cose sperabili e future. Non posso nemmeno dire che sentissi ripugnanza, che odiassi; pacificato, ricordavo appena la tempesta dell'anima, che s'era dispersa nel vuoto notturno come le nubi della vigilia.

Com'era leggero e obbediente il mio passo! Io non avevo nessuna ambizione e bramosia, tranne quella d'essere felice, che il dio più geloso saprebbe perdonare; ero anzi felice e non ambivo più a nulla. Pure, al ricordo, quella improvvisa semplicità mi pare alata; quasi mi vedo salire di costa in costa, di balza in balza, in pochi passi, correre, volare, chiamato, rapito, come s'io fossi Mosè ascendente sul Sinai, Elia in cammino per Horeb. Sempre più profonda diveniva ai miei piedi la valle, e occultamente rispondeva al mio fremito.
Di costa in costa, di balza in balza, salii i contrafforti della Margna; presto la terra fu senz'alberi; e il ghiacciaio di Fedoz, sempre davanti a me, sempre più grande, prendeva il cielo come un'ala.
Un mormorio d'acque correnti mi rivelò, prima ch'io vi giungessi, un rivo, che dalla petraia selvaggia scendeva all'Ova da Fedoz. Mi chinai su esso per bere, e anche quella naturale sete prese un significato; ed essendomi in quel mio allungarmi sui sassi caduto l'orologio che portavo dall'adolescenza, di cui si ruppe il vetro e si fermarono i raggi, anche il piccolo evento divenne un segno; considerai finito un tempo della mia vita, inaugurato un altro; decisi di serbare a memoria l'orologio, con le ore ferme su quell'istante.

Giunsi, per un'erta, al punto che poi credetti di riconoscere sulle carte come quota 2490. Io so bene che l'intelletto umano non può intuire le cose eterne, né del mio intelletto oserei dire ch'esso allora si profondasse tanto «che retro la memoria non può ire.» Ma ebbi l'impressione come se un velo si squarciasse, un muro crollasse, e credei di capire l'identità di tempo e eternità, di riconoscere in essa me salvato. Come nessun'altra volta mai, provai il sentimento indicibile di aver lasciato dietro a me la morte.

Era una conca selvaggia, con alcune lastre di macigno.
Io mi sedetti, poi mi stesi sotto il sole sulla più lunga. Davanti erano i ghiacci; giù in fondo, dalla parte opposta, l'azzurreggiare dei laghi; a picco sotto a me la valle, scintillante di acqua e di sole.
La vetta della Margna mi sorgeva accanto, nell'ombra del cielo, chiudendo da questo lato la vista, con la sua forma di un trono d'argento.
Io trassi di tasca un piccolo quaderno, dove avevo già scritto in una sosta della marcia, e scrissi cose che ora posso decifrare appena e non so più capire:
«31 agosto.
«Camminando sulla strada alta sopra Isola verso
il ghiacciaio di Fedoz...

«Il mondo è il sogno di Dio…
«Il mio cuore tumultuava e si è placato…
«Io sono il camminatore che sceglie la strada alta…
«Ripensando al dolore di ieri sera:
«dove suona cupo, dove suona vuoto, lì è nascosta la sorgente, scorre l'acqua…
«Dalla cima dove sono arrivato, poco prima di mezzogiorno, in faccia ai ghiacciai, in alto sui laghi:
«Il solo pensiero che mi solleva è questo: Dio si ricorderà di me.
«Letteralmente, Dio si ricorderà di me; mi chiamerà, dai morti.
«Il punto si muove lungo il cerchio… Io mi sento rapito nel moto del cerchio.
«Esistono il tempo e l'eternità, e l'eternità è la coetanea del tempo.
«Grande masso incline su cui ho scritto queste cose.
«Il ghiacciaio striato ad ombre dalla Margna, alla mia destra: trono d'argento: «Hic manebimus optime.
«Non so il nome di questo monte, su cui sto».
Certamente ero fuori di me,perché a questo punto, in fondo alla pagina, aggiunsi:
«Quel giorno più non vi scrivemmo avante».
Rimaneva ancora una pagina bianca del quaderno e vi scrissi nel mezzo:

CHIAVE
dell'
ETERNITÀ.

Varie volte nei giorni successivi, levando dalla strada del lago gli occhi al cielo, dove le nubi dei tramonti versavano già rose d'autunno sulle solitudini, cercai fra l'altre la cima che avevo chiamata Chiave dell'Eternità. Ma era come se le compagne le girassero intorno e me la nascondessero chiudendola in un misterioso coro; specialmente dalla macchina in corsa, lo sguardo volto a quella parte, i monti mi s'aprivano a uno a uno, le valli coi loro fiumi ascendevano ai valichi, e sola quella roccia restava vietata al riconoscimento, quella di cui m'era parso di portare la forma impressa in cuore; e m'illudeva, era e non era, fra l'ombra amabile della Margna e il Corvacc dalla lunga ala d'argento.
Poi scesi alla città del piano, e non pensai nemmeno che dove avevo creduto di abbracciare l'eterno ero umiliato nell'effimero, fino al punto di non ritrovare fra le altre rupi e le nubi quella specie di Sinai - vaneggiante anch'esso come una nube, - di non saper più il senso di quelle note in pallida matita violetta con cui avevo pensato d'incidere chi sa quali risposte all'enimma dell'universo. Invece mi sentivo in fondo all'anima come se fossi sicuro d'aver lasciato lassù, in qualche luogo, un tesoro sepolto; e come se io potessi, tornandovi, disseppellirlo. Così capivo il senso dei pellegrinaggi, dei luoghi santi; e, tornato l'anno seguente in Engadina, mi preparavo nell'intimo, forse senza neanche dirlo a me stesso, a chiudere la seconda stagione rifacendo il cammino, risalendo alla Chiave dell'Eternità, ritrovando lassù i pensieri profetici, il me stesso ispirato di quel giorno d'agosto.

Mia figlia mi doveva accompagnare; quasi come la bimba che segue il padre, ignara, al tempio dov'egli ha ricevuto una grazia; essa intanto pensa ai suoi giochi ed alle sue compagne.
Forse, arrivati in cima, avrei avuto l'ardire di dirle qualcosa, di farle capire.
Ma non riuscivo ancora a sentirla cresciuta. La mattina, baciandola, ero sempre impreparato a trovare la sua fronte all'altezza delle mie labbra; come se fosse salita su uno sgabello, la bambina che sempre era.
Voltandomi verso di lei, incontrando i suoi occhi scolorati dalla fatica del cammino, mi rimproveravo di far soffrire una debole creatura, di volerla, per egoismo, simile a me in gioie, in dubbi, in pensieri che non erano i suoi.
Non c'era più nulla dell'anno prima: non il gregge d'Apollo, non il fulgore delle lontananze, non le ali al cuore.

Una vecchia cadenza malinconica, una specie di rimpianto che avevo scritto in altri anni sul Lago Maggiore, mi strisciava nella memoria:

*Tante cose che sapevo*
*bene l'anno passato,*
*quest'anno, chissà come, me ne sono scordato...*
*Il rio che l'anno scorso*
*mi parlava con voce di velluto*
*quest'anno è quasi asciutto, quasi muto...*
*Gli eucalitti del lago*
*li rivedo, ma non me ne appago.*
*Ahi, nulla è così bello come la prima volta.*

Così avveniva questa volta delle acque, delle rupi;
l'aria smorta accorciava le distanze facendo prosaica ogni cosa.
Smisurate erano invece le distanze per l'indolenza della Nanni, che non osava nemmeno guardarle, e non si curava nemmeno di cogliere i pochi fiori che spuntavano, gialli, accanto la via.

Stanca come una bambina svogliata, cadeva spesso a sedere dove capitava, chinando gli occhi sulle mani abbandonate;
fragile, strana, con le gote esauste; mentre io a qualche passo stavo in piedi aspettando, e zufolavo fra le labbra mute non so che pensiero d'impazienza e di noia.
Passammo l'uno e l'altro contrafforte. Non vedemmo mai nessuno. Io speravo sempre che alla prima svolta si dovesse udire quel rumore d'acque dell'anno innanzi, vederle lampeggiare fra i sassi con la loro voce fresca, animatrice. Invece, di curva in curva, di rampa in rampa, proseguiva il cammino senza sole; e il paesaggio diveniva torvo. La petraia, di colore bigio calcare, alla nostra destra, pareva di ossami. Qualche nube di tanto in tanto s'appesantiva sulle cime come se stesse per scenderne una Valchiria, messaggera di morte.
Un fischio, due di marmotta – il secondo tremendamente più lungo – forarono il silenzio. Fu come l'avviso di una tempesta di vento, di una sventura.
Il viottolo seguì una sporgenza, e poco dopo ci affacciammo a un'altra vista.

Il cielo grigio, sordo sopra a noi, era come una campana che da un momento all'altro potesse vibrare.
Allora, quando a destra e a sinistra di noi il terreno praticabile fu ampio e il dirupo si fu da ogni parte attenuato in declivio, mi volsi per guardare mia figlia (così credetti) – era pallida – ma in realtà l'animo mio voleva, di là da lei, scorgere e misurare il passo che c'eravamo lasciato dietro.
Visto sotto quell'angolo esso era veramente atroce: un ciglio, un taglio. L'erba che ne schizzava a cespi selvaggi, a fili lunghi, aguzzi, e di cui ricordavo soltanto il nome fischiante che ha nel mio dialetto, ddisi, pareva sgorgata dal raccapriccio del balzo.
La luce mi pareva già di crepuscolo, annottante.

Le età, le stagioni, mi si confusero in cuore.
La rividi laggiù, sui monti di Sicilia, fra alberi soffusi di tramonto, con le iridi cerule dilaganti tranquille davanti a un lontano mare. La nonna, con lo scialletto nero, si chinava su lei, tutta color di rosa.
Oh sì, dovunque nata, e poi così migrata, essa era di quei monti, di quel mare; siciliana. La riconobbi al viso lungo, alla fronte seria; alla malinconia.
Camminavamo tenendoci per mano; dimenticavo gli anni; di tutte le parentele, le vive e quelle che erano sotterra, si fece, non so come, una cosa sola;
e mia figlia fu una del mio sangue, una sorella.
Così, sorgendo da ogni parte brume di visione, non vedevo più la valle di Fedoz, l'Engadina; ma i monti miei, la valle su cui nacqui.

Io nacqui su una vetta di monte che s'affaccia da ogni lato a guardare: la valle, altri monti, uno specchio di mare.
Esso è molto turchino e lontano. I fianchi dei monti si fanno da parte, come cortinaggi pesanti, per lasciarlo vedere.

Quando arriva il tramonto una polvere d'oro sfavilla su tutte le cime.
La più bella di tutte è la montagna di Termini, con due cupole azzurre incontro al cielo.
Le nuvole rosse si fermano un poco come carri di dee.

Io nacqui la notte di San Martino, che ha tante stelle filanti quanto quella di San Lorenzo. Mio padre uscì sul balcone, in quei messaggi di luce lesse un presagio, un destino.

Io crebbi davanti ai grandi orizzonti; e udivo suoni remoti.
I fiumi, scendendo la notte fra i boschi, avevano voci d'amore; i lumi delle case coloniche si spengevano sui clivi per lasciare accostare le stelle.
D'estate, quand'io e mio fratello venivamo da Palermo in vacanza, al passo di Forrione ci fermavamo a cavallo nel vento. Di là ci appariva Polizzi, il nostro paese, al vertice di un'ascensione.
Un'aria sospesa, un silenzio composto di occulti ronzii, l'avvolgeva. L'aria era mista di miele e freschezza.

Le case, grigie e rosa, allineate su tutta la vetta del monte, parevano un naviglio che stesse per salpare.
La nostra era l'ultima; aggrappata coi pilastri di pietra all'orlo del dirupo.
Terra rossa, di vivo colore, sotto il passo delle mule!
ultime ginestre, ancora incendiate, in cima, di sacri fiori!
Le mente, i timi, le erbe care alle capre, spandevano sul nostro cammino aromi religiosi. Le vigne della Scaletta, poco prima di giungere a casa, erano d'un verde così scuro che dava bagliori d'indaco, come un pezzo di mare.
Cavalcavamo a fianco; mio fratello, un poco più piccolo di me, aveva ancora riccioli biondi. Ora è sotterra.

Ci piaceva veder i sassi, abbandonati dalle nostre dita, rotolare lungo i precipizi nudi, spiccarsi con un ultimo salto dall'ultimo appiglio, e affondare non visti in un abisso di fronde.
Con la vanga tracciavamo sentieri sulla balza, imitando la strada che scendeva dai monti al mare, bianca e volubile come il letto del torrente fiorito d'oleandri.
Io godevo deviando con la vanga i ruscelli; o, seduto sulla proda, seguivo con gli occhi il volo del corvo, il grido del pastore, che varcava la valle sul sereno.
Scendevo, dopo i primi acquazzoni, sull'equilibrio delle mani tese come su ali senza penne; e coglievo i garofani selvaggi in fondo al borro sonante.
I tuoni rientravano brontolando nelle loro caverne.
Fra battaglie di fanciulli prendevo d'assalto, io solo, il colle della Trinità, salendo di corsa sotto la sassaiola, sicuro che nessuno mi potesse colpire.
Mi alzavo la notte per veder sorgere il sole da Monte Pizzuto, come un ostensorio. Nei pomeriggi di settembre, fra le sabbie e gli allori di San Paolo, raccoglievo a fasci le stipe; e le sere senza luna davo fuoco al falò, perché il rugghio splendente dicesse di monte in monte la pienezza del mio cuore.

Oh perché m'hanno riempito il cuore di cenere e tenebra? La morte è un sogno. E noi abbiamo riempito di quest'orrore tutti i vuoti dell'Universo.
Perché m'hanno raccontato che, quando fa buio e le chiese si chiudono, i piccoli diavoli neri con le facce di mori vi pullulano dal suolo, come topi da una fogna? perché m'hanno raccontato storie d'orchi e di draghi, con sbattere di catene?
Il mio cuore era un fascio di messaggi celesti, come una notte d'estate; e l'hanno oppresso.
Io sedevo fanciullo su balconi del sud, profumati di cacti e di zàgara, sotto le costellazioni, e udivo i baratri flagellati da catene d'inferno.
Un dio di gastigo, un dio di eterna vendetta, m'hanno insegnato a adorare, me ancora incolpevole:
Moloch divoratore, Satana torturatore, e lo chiamavano Dio.

Ora egli non esiste, e io voglio strappare perfino il suo nome dalle piaghe del mio cuore, dalle piaghe che vi ha aperte coi suoi artigli sanguinari, egli che non esiste, il grifone d'abisso;
il mostro della voragine dove la mia creatura era spinta da me, dal tremito delle mie mani, parricide;
poiché soltanto dentro il nostro cuore è la morte, in esso generata; essa la figlia di Satana e della Colpa,
abitatrice del nulla.

Io voglio alzarmi dalla tenebra, aprire questa fronte alla luce;
alla compagna di questo mio poco di strada io non voglio parlare che del Padre,
quale lo vide nei cieli futuri, levando gli occhi dal remo, il giovane Cristo
vogante su un lago più azzurro di Sils, che ora, ecco, ci appare di nuovo, fa ciglia
trasparenti di larici.
E voglio, concorde con gli uomini, dare opera anch'io, dare il mio respiro,
perché finalmente sia vuotato il vuoto dei vani Spaventi,
dei fantasmi ululanti di cui lo riempimmo, finché Uno finalmente non sorga,
rinnegando la morte; ed essa sparisca;
e dal diluvio della tenebra emerga, tutta Ararat, tutta alle miriadi di soli,
la Terra promessa, la Terra.
Uomo uomo, ama ama, crea crea;
su ogni respiro di tempo che pullula dall'eternità tu chinati con respiro creatore;
il vuoto è la morte.
Ed Eros e Thànatos, l'Amore e la Morte, così sono fratelli; dove l'uno tramonta
l'altra appare.

“D’uomini e d’animali, e di leggende di reincarnazione,
discorrevamo scendendo di giro in giro la montagna. Così camminavamo di buon passo sul valloncello deserto accanto alle erbe pallide, e lasciataci
alle spalle la vista dei ghiacciai ci affacciammo di nuovo a vedere la penisola di Chasté, con le sue lunghe capigliature d’alberi, natante in mezzo al lago.
Gli aghi delle conifere, ai lati della via, trapungevano
il cielo, occupato da nuvole miti dove già si
destavano colori di tramonto. [...]
Della stessa natura sono la luce della folgore e quella del sole; ma l’una schianta con uno squillo, e l’altra è diffusa come un’ambrosia nella amara bevanda del tempo.
La luce del sole, finalmente uscito dalle nubi, era sulla soglia dell’albergo quando noi vi giungemmo.
Il fiume che gli corre accanto, l’Inn, la prendeva nei gorghi e ne traspariva ridendo. [...]
O separazione! O fine! Tu pure esisti, e sei dolore.
Questo giorno divino non risorgerà più.
[…]
Tutto nelle volute del passato era il mio pensiero;
nel giorno vano e tremendo in cui avevo creato e distrutto la morte.
Io, quasi annichilandomi in una delizia più profonda del sonno, pregavo che quel giorno non perisse, che restasse comunque sospeso, ch’io lo potessi ritrovare
un giorno, un’ora, pregavo che in quell’ultima ora io la potessi rivedere la mia fanciulla salvata, e in quella vista io conoscessi la dolce morte che ci fa immortali, EUTANASÌA.

# Indice

© **Navarra Editore - Sicilia**
Marsala - Via Calogero Isgrò 6 - Tel\Fax 0923.719796
Palermo -Via Francesco Crispi 108 - Tel\Fax 091.6119342
www.navarraeditore.it
info@navarraeditore.it

© **Fondazione G.A. Borgese**
Polizzi Generosa - Via Garibaldi 13
www.fondazioneborgese.it
fondazioneborgese@libero.it

Impaginazione e grafica: Salvo Leo, Luisa Di Martino -Tundesign.it
Fotografie: Antonio e Luciano Schimmenti
Stampa: Luxograph Srl, Palermo

Finito di stampare il 30 luglio 2013

EDIZIONE 2013

ISBN: 978-88-95756-94-3